3 1994 01542 7120

SANTA ANA PUBLIC LIBRARY

Elizabeth Power

Culpas del pasado

SA PL

HARLEQUIN™

SANTA ANA PUBLIC LIBRARY

Editado por HARLEQUIN IBÉRICA, S.A.
Núñez de Balboa, 56
28001 Madrid

© 2011 Elizabeth Power
© 2015 Harlequin Ibérica, S.A.
Culpas del pasado, n.º 2379 - 8.4.15
Título original: Sins of the Past
Publicada originalmente por Mills & Boon®, Ltd., Londres.

Todos los derechos están reservados incluidos los de reproducción,
total o parcial. Esta edición ha sido publicada con autorización de
Harlequin Books S.A.
Esta es una obra de ficción. Nombres, caracteres, lugares, y situaciones
son producto de la imaginación del autor o son utilizados ficticiamente,
y cualquier parecido con personas, vivas o muertas, establecimientos
de negocios (comerciales), hechos o situaciones son pura coincidencia.
® Harlequin, Bianca y logotipo Harlequin son marcas registradas por
Harlequin Enterprises Limited.
® y ™ son marcas registradas por Harlequin Enterprises Limited y sus
filiales, utilizadas con licencia. Las marcas que lleven ® están
registradas en la Oficina Española de Patentes y Marcas y en otros
países.
Imagen de cubierta utilizada con permiso de Dreamstime.com

I.S.B.N.: 978-84-687-6129-9
Depósito legal: M-1980-2015
Editor responsable: Luis Pugni
Impresión en CPI (Barcelona)
Fecha impresion para Argentina: 5.10.15
Distribuidor exclusivo para España: LOGISTA
Distribuidor para México: CODIPLYRSA
Distribuidores para Argentina: Interior, DGP, S.A. Alvarado 2118.
Cap. Fed./Buenos Aires y Gran Buenos Aires, VACCARO HNOS.

Prólogo

NO SE LO podía creer. Era ella.

Damiano respondió a la mujer del otro lado de la mesa, que le acababa de decir algo; pero sus ojos negros siguieron clavados en la joven que se había parado en el pasillo, detrás de la mampara de cristal.

Su pelo era tan rojo como siempre, aunque ahora lo llevaba corto; y no había perdido la expresión traviesa que le hacía parecer una especie de duende. Sin embargo, Damiano se recordó que esa expresión no era más que la máscara de su oportunismo y su avaricia.

—¿Señor D'Amico?

Impecablemente vestido con un traje oscuro que no ocultaba su cuerpo perfecto, de hombre en plenas facultades, Damiano se giró hacia la mujer de la mesa. A fin de cuentas, había cosas más importantes que mirar a un fantasma del pasado. Empezando por su reunión con la directora de Redwood Interiors, que iba a decorar sus instalaciones del Reino Unido. Pero la curiosidad pudo más.

—Esa chica... —empezó a decir.

La mujer, de cabello negro y labios pintados de rojo, siguió la mirada de Damiano y dijo:

¿Se refiere a la señorita Singleman?

Él asintió e intentó fingir una indiferencia que estaba lejos de sentir.

–Sí.

–Riva es uno de nuestros nuevos fichajes –explicó la mujer–. Es joven y entusiasta. A veces, resulta poco convencional, pero tiene muchísimo talento.

Damiano pensó que, además de tener talento, Riva Singleman era una mentirosa sin escrúpulos. De hecho, estuvo a punto de suspender la reunión y marcharse de allí, porque le pareció que una empresa que contrataba a personas como ella no podía ser digna de confianza. Pero se contuvo. En parte, por el recuerdo de sus besos y, en parte, porque quería saber cómo se las había arreglado para conseguir un empleo en Redwood Interiors.

La directora de la compañía, una ejecutiva de cincuenta y tantos años, cambió de conversación y le aseguró que todo iba según lo previsto y que su equipo de diseñadores se encargaría de que quedara satisfecho al cien por cien.

Damiano la miró y le dedicó una de sus devastadoras sonrisas, que tantos éxitos le habían dado con las mujeres a lo largo de sus treinta y dos años de vida. El destino le había ofrecido la oportunidad de vengarse de Riva Singleman. Y no la iba a desaprovechar.

Capítulo 1

RIVA detuvo el coche en la entrada de lo que parecía haber sido una finca próspera en otros tiempos. Podía ver la vieja y deshabitada mansión que se encontraba al final del camino, pero no le interesó tanto como el edificio de las antiguas caballerizas, la Old Coach House, que habían transformado en casa. Aquel iba a ser su primer encargo importante. Y le habían dado carta blanca para hacer lo que quisiera.

Entró en la finca, pasó por delante del utilitario y del reluciente deportivo negro que estaban aparcados a poca distancia y llamó al timbre, tan contenta como nerviosa. Su trabajo debía de haber llamado la atención de alguien, porque el dueño de la casa había preguntado específicamente por ella en Redwood Interiors. Era la oportunidad que necesitaba. Si todo salía bien, daría un gran paso hacia su sueño de tener su propio estudio.

La puerta se abrió y apareció una distinguida mujer rubia, vestida con un traje de color oscuro.

—¿*Madame* Duval? –preguntó Riva.

—No, me temo que *madame* Duval ha salido. ¿Qué deseaba?

–Soy la señorita Singleman, la diseñadora.

–Ah, sí, pase. La están esperando.

Riva asintió y la siguió al interior de la casa, algo cohibida por la elegancia y la altura de la mujer, que superaba con mucho su metro sesenta. Al cabo de unos momentos, la mujer abrió una puerta y dijo:

–Si tiene la amabilidad de esperar aquí...

–Por supuesto.

Riva se quedó sola en una sala grande y soleada que daba al jardín. No sabía quién la había decorado, pero le pareció impecable y de muy buen gusto, tanto en la elección de los muebles como en los colores.

–Vaya, vaya. Pero si es la señorita Singleman.

Ella se puso tan nerviosa al reconocer la voz que se dio la vuelta demasiado deprisa y su bolso golpeó una mesita de estilo georgiano. Afortunadamente, el jarrón que estaba encima no se llegó a caer.

–No me digas que eres propensa a los accidentes, Riva. Has estado a punto de romper ese jarrón.

Riva miró al hombre alto, de cabello negro y piel morena, que había entrado en la habitación. No parecía sorprendido de verla allí. Sus penetrantes ojos oscuros se clavaron en ella con un humor que también afloraba a sus labios.

–¡Damiano!

Desconcertada, se llevó una mano al collar que asomaba por el cuello del vestido, encima de sus pequeños senos, y jugueteó con él. ¿Qué estaría haciendo allí? Según la prensa, su domicilio se encontraba en uno de los barrios más elegantes de Londres, no en una casa de campo, alejada de todo.

–No lo entiendo –continuó ella–. La mujer que ha abierto la puerta...

–La mujer que te ha abierto es mi secretaria –le informó él.

Riva pensó que seguramente era algo más. Al fin y al cabo, Damiano D'Amico tenía fama de ser un gran mujeriego. Su nombre aparecía con frecuencia en la prensa del corazón, casi siempre asociado a algún escándalo amoroso. De hecho, acababa de leer un artículo sobre la ruptura de su relación con Magenta Boweringham, una millonaria que, en su despecho, lo había acusado de acostarse con cualquiera.

–Pero *madame* Duval...

–*Madame* Duval es mi abuela. ¿No sabías que no estaba en casa?

–No, no tenía ni idea –respondió Riva–. ¿Y tú? ¿Sabías que Redwood Interiors me ha encargado el trabajo?

Él se encogió de hombros.

–Sí, por supuesto. Aunque no sé cómo es posible que una chica con tan poca experiencia haya llegado tan alto.

Ella se ruborizó, enfadada.

–¿Que cómo he llegado tan alto? Trabajando, Damiano –replicó–. Pero no te preocupes por eso. No pienso trabajar para ti. Hablaré con la señora Redwood y le diré que ha sido un error. Y ahora, si no te importa, será mejor que me vaya.

Riva salió de la habitación, profundamente decepcionada. Sin embargo, se detuvo al oír la voz de Damiano.

–Si yo estuviera en tu lugar, no le diría eso a la señora Redwood.

Riva se giró y lo volvió a mirar. Tenía una cara perfecta, de nariz arrogante, pómulos bien marcados y frente ancha.

–¿Por qué?

–Porque te han enviado a hacer un trabajo, y espero que cumplas con tu deber. De lo contrario, hablaré con tu poco tolerante jefa y le diré que he cambiado de opinión y que voy a contratar los servicios de otra empresa de diseñadores.

En ese momento, se oyó un coche que se alejaba de la casa. Riva supo que era la secretaria de Damiano y se estremeció al pensar que se había quedado a solas con él.

–¿Serías capaz de hacer que me despidan?

Él clavó la mirada en sus ojos verdes.

–No me hagas responsable de tus propias decisiones. Si rechazas este trabajo, te despedirás tú sola.

Riva se dijo que estaba hablando en serio. Era perfectamente capaz de destruirla. Como había destruido a su querida madre; porque no olvidaba que, si él no hubiera intervenido, Chelsea Singleman no habría muerto.

–Vuelve a la sala –ordenó él.

Riva regresó al interior de la sala. Se había esforzado mucho por conseguir aquel trabajo, y no lo quería perder. Pero, orgullosa como era, le dio con el hombro al pasar a su lado.

–Si me tocas de nuevo, llegaré a la conclusión de que me estás ofreciendo algo más que tus dotes de diseñadora –le advirtió Damiano–. Y ambos sabemos lo que pasó la última vez, ¿verdad?

Ella no necesitaba que se lo recordaran. Damiano se había aprovechado de su ingenuidad y su falta de experiencia.

–Yo no te estoy ofreciendo nada. Me quedo porque me obligas a ello.

–Sí, claro –dijo él con ironía–. Y supongo que también pensarás que lo que pasó hace cinco años fue una imposición mía.

Riva se volvió a ruborizar, pero de vergüenza. Su mente se llenó de imágenes tórridas que creía olvidadas, imágenes de una relación amorosa que la había destrozado por completo.

–No, no fue una imposición tuya –admitió–. Fue por culpa de mi propia estupidez.

Él ladeó la cabeza y sonrió sin humor.

–Bueno, no me puedes culpar por querer saber la verdad.

–¿La verdad? ¡No habrías reconocido la verdad aunque hubiera tomado forma y te hubiera agarrado del cuello!

–Es posible, pero no fue necesario. Las pruebas hablaban por sí mismas.

Riva no lo pudo negar. Le había mentido; le había ocultado hechos importantes, pero solo porque se sentía terriblemente avergonzada. Y, en cualquier caso, eso no era nada en comparación con lo que él le había hecho a Chelsea.

–Destrozaste la vida de mi madre –lo acusó.

–¿Por qué? ¿Porque impedí que se casara con mi tío? Habría faltado a mis obligaciones si no lo hu-

biera hecho. Además, estoy seguro de que lo superó.
Las mujeres como Chelsea y como tú no lloran mucho tiempo por una oportunidad perdida. No tengo
la menor duda de que, si aún no ha encontrado a un
hombre rico al que echarle el lazo, lo encontrará
pronto.

Riva se sintió como si le hubieran dado una pu-
ñalada.

–¡Mi madre está muerta! –bramó.

Él la miró con sorpresa y, tras unos segundos de
silencio, dijo:

–Lo siento mucho.

–No, no lo sientes nada.

–¿Qué pasó?

–No es asunto tuyo.

Él respiró hondo.

–Dímelo.

Riva no tenía ganas de hablar de su madre, pero
sabía que Damiano iba a insistir, así que accedió a
su deseo.

–Está bien, si tanto te interesa... Murió por una
sobredosis accidental. Por las pastillas contra la depresión que estaba tomando.

–¿Hace mucho?

–Hace poco más de un año.

Él asintió.

–Lo lamento, Riva.

Ella soltó una carcajada.

–No mientas, Damiano. No lo lamentas. Al fin y
al cabo, fuiste tú quien la empujó a la depresión, tú
quien rompió su relación con el hombre del que estaba enamorada.

–¿Me crees culpable de su muerte? –preguntó él con asombro.

–Te creo culpable porque lo eres.

Damiano sacudió la cabeza.

–¿Quién está mintiendo ahora, Riva? Sabes perfectamente que Marcello rompió el compromiso con tu madre porque os investigó a ella y a ti y descubrió vuestras mentiras.

–Si tú no hubieras intervenido, él no habría investigado nada –le recordó–. Fue culpa tuya.

–Yo solo soy culpable de haber contribuido a que abriera los ojos. Estaba tan cegado con la bonita cara y los ojos azules de tu madre que no se dio cuenta de lo que pasaba.

–Pero tú sí, claro.

–En efecto –dijo él–. Además, mi tío podría haber pasado por alto las mentiras de tu madre, pero las tuyas eran tan grandes que no se podían perdonar.

Riva no dijo nada, porque Damiano tenía razón. Se había inventado una historia absolutamente increíble sobre su origen, y había sido tan ingenua como para creer que no la descubrirían. Sin embargo, el mal ya estaba hecho. Ya no podía cambiar lo sucedido. Y no quería dar explicaciones al respecto.

–Y ahora, ¿qué te parece si volvemos al asunto que te ha traído a esta casa? –continuó él–. Acompáñame, por favor.

Riva no se hizo de rogar. Cualquier cosa le parecía preferible a seguir hablando del pasado.

Damiano la observó con detenimiento mientras la acompañaba a la habitación que quería redecorar.

Caminaba con la espalda bien recta y la barbilla alzada, en un gesto orgulloso. Indudablemente, tenía carácter.

Entonces, notó el fresco aroma floral de su colonia y la deseó a pesar de todo. Riva no encajaba en el tipo de mujeres que le gustaban. No era ni rubia ni alta ni espectacular en sus formas, pero se había sentido atraído por ella desde que la vio por primera vez en casa de Marcello, hermano de su difunto padre.

Cuando su tío le informó de que iba a contraer matrimonio, Damiano se alegró; llevaba diez años viudo, y pensó que sería bueno para él. Sin embargo, se llevó una sorpresa cuando llegó a la casa y descubrió que Chelsea Singleman era mucho más joven que Marcello y que, además, tenía una hija adulta.

Al principio, pensó que eran hermanas. Se parecían tanto que, a primera vista, solo se distinguían por el color del pelo: rubio platino en el caso de Chelsea y rojo, en el de Riva.

Damiano desconfió de inmediato. ¿De dónde habían salido? No se podía creer que una mujer de treinta y tantos años se quisiera casar con un hombre que le doblaba la edad, por atractivo que fuera. Y llegó a la conclusión de que no estaba enamorada de Marcello, sino de su posición social y de su dinero. Al fin y al cabo, su tío era el patriarca de una de las familias más ricas y poderosas de Italia.

Cuando Marcello le contó que las había conocido en la costa, donde las dos mujeres se dedicaban a vender joyas hechas a mano, él se sintió en la necesidad de saber más y se puso en contacto con unos detectives privados.

Según Riva, su madre era una mujer educada y de buena familia y su padre, un oficial de la Marina británica, condecorado por sus servicios al país, que había fallecido en un desgraciado accidente de tráfico y que les había dejado una pequeña fortuna y una casa preciosa, aunque la habían vendido después de su muerte porque era demasiado grande para ellas.

En su afán por descubrir la verdad, Damiano llegó al extremo de acostarse con Riva y quitarle la virginidad. No se sentía precisamente orgulloso al respecto, pero la investigación de los detectives confirmó sus temores.

En primer lugar, la madre de Riva era una mujer soltera y sin estudios que sobrevivía con trabajos mal pagados y que apenas tenía para pagar el alquiler. En segundo lugar, su padre no había sido oficial de la Marina británica, sino un delincuente que había pasado varios años en prisión tras ser condenado por un delito de fraude.

Su historia solo era cierta en lo tocante al accidente.

Damiano se maldijo para sus adentros al recordarlo. Naturalmente, lamentaba que Chelsea Singleman hubiera fallecido, pero no se arrepentía de nada. Si Marcello se hubiera casado con ella, toda su fortuna habría terminado en manos de una oportunista como Riva.

–¿Y bien? ¿Qué te parece? –preguntó al llegar a la sala que quería redecorar–. Supongo que ya te habrán informado de que a mi abuela lc gustaría convertirla en un estudio. ¿Te crees capaz de afrontar la tarea?

Riva echó un vistazo a la habitación, cuyos muebles estaban tapados con sábanas para que no acumularan polvo. Desde su punto de vista, lo único que merecía ser salvado eran las puertas del balcón, que daba a un pequeño patio.

–¿Por qué me lo preguntas? –dijo ella–. No tengo elección. Si no acepto el encargo, perderé mi empleo.

–Lo sé, pero necesito saber si estarás a la altura.

A regañadientes, Riva caminó hasta el centro de la sala y la observó con detenimiento.

–¿A qué se dedica tu abuela?

–¿Mi abuela?

Ella lo miró y frunció el ceño.

–¿Quién si no? Si el estudio es para ella, necesito saber a qué se dedica.

Él se encogió de hombros.

–Bueno... Lee mucho, y también cose.

–Ah, comprendo. Quiere una sala para coser.

Riva le dio la espalda, huyendo de su intensa mirada y de la sexualidad que rezumaba. A pesar de todo, se sentía atraída por él.

–Veo que la habitación da al Norte. Tiene poca luz, así que habría que dar un tono alegre a las paredes –dijo, mientras sopesaba las posibilidades del lugar–. Supongo que tu abuela será de gustos clásicos...

–En efecto.

Riva lo miró y supo que Damiano no compartía los gustos de su abuela. Pero la habitación iba a ser para ella, así que los gustos del nieto carecían de importancia.

–Sí, necesita un toque alegre –continuó ella–. No sé... quizás se podría poner algo en aquella pared, algo contundente y dramático que...

Riva se dejó llevar, repentinamente entusiasmada por el encargo. A fin de cuentas, era una profesional. Y su trabajo le gustaba mucho.

Momentos después, se dio cuenta de que Damiano sonreía y preguntó:

–¿Te estás riendo de mí?

Él se cruzó de brazos y se apoyó en una estantería.

–Al contrario. Es que te lo tomas muy en serio.

–¿Y qué esperabas? ¿Que me lo tomara a broma? –replicó.

–No, pero antes no eras tan concienzuda.

Ella frunció el ceño.

–Antes era antes y ahora es ahora. Además, me has contratado para hacer un trabajo.

–Sí, eso es cierto.

Riva suspiró y lo miró con cara de pocos amigos.

–Dime una cosa... ¿Por qué me has contratado a mí? Es evidente que no me tienes en mucha estima. Por lo que sé, hasta me creerías capaz de aceptar el encargo sin más intención que la de robar los valiosos y antiguos muebles de tu abuela.

–Ni son especialmente valiosos ni tú te atreverías a robar nada –dijo él en voz peligrosamente baja–. Aunque te estaré vigilando de todos modos. Me ocupé de ti en el pasado y, si es preciso, me volveré a ocupar de ti.

Riva se preguntó qué quería decir exactamente con eso de ocuparse de ella; pero, fuera lo que fuera, no se arriesgaría a descubrirlo. Damiano D'Amico era un adversario implacable. Lo sabía por experiencia.

–Sin embargo, no te he contratado solamente porque me divierta la situación –continuó él–. Cuando mi secretaria llamó a tu empresa, le hablaron muy bien de tu trabajo. De hecho, le contaron muchas cosas de ti.

A Riva se le encogió el corazón.

–¿Muchas cosas? ¿Qué cosas?

–Para empezar, que llevas menos de un año en Redwood Interiors y que, a pesar de tu falta de experiencia, has demostrado tener más capacidad y talento que todos tus compañeros juntos –contestó.

Riva suspiró, aliviada.

–¿Eso es todo? ¿Y no le dijeron nada más? –preguntó con sarcasmo–. ¿No le dieron información sobre las películas que veo o lo que desayuno por las mañanas?

Él sonrió.

–No, me temo que no. Pero vamos a trabajar juntos, así que tendremos la oportunidad de conocernos mejor. Y hasta es posible que nos pongamos al día sobre nuestros respectivos gustos... culinarios.

–Yo no contaría con eso. Puede que no tenga más remedio que trabajar para ti, pero mi vida privada es mía y no te voy a conceder ni un minuto de mi tiempo libre. Antes que estar contigo, preferiría acostarme con una rata.

Para sorpresa de Riva, Damiano no se enfadó. Se

limitó a sonreír de nuevo y a decir, con toda naturalidad:

—¿Con una rata? Qué interesante...

Damiano se apartó de la estantería. Riva admiró su cuerpo y pensó que tendría que andarse con cuidado. Por lo visto, los años transcurridos no habían reducido en modo alguno el deseo que sentía por él. Como mucho, lo habían aumentado. Pero ya no era una jovencita sin experiencia, sino una mujer adulta, que se ganaba la vida por sus propios medios y que sabía resistirse a la tentación.

—Bueno, ¿nos ponemos a trabajar? —continuó él.

—Por supuesto. Por eso estoy aquí.

Riva se tranquilizó. Por la actitud de Damiano, era evidente que no sabía tanto de ella como creía saber. Solo tenía que hacer el trabajo, cobrarlo y marcharse de allí antes de que descubriera su secreto.

Capítulo 2

¡QUÉ suerte tienes! ¡Vas a trabajar para Damiano D'Amico!

Riva miró a su compañera de trabajo y frunció el ceño. ¿Cómo era posible que se hubieran enterado? Ni ella misma lo había sabido hasta el día anterior.

–¿Qué tiene Riva que no tengamos el resto? –intervino otra de sus compañeras, con menos calidez que la anterior.

–Tiene misterio –se apresuró a decir uno de los jóvenes del departamento gráfico–. A los hombres les encantan los enigmas... sobre todo, cuando están envueltos en un paquete tan tentador y bonito.

Riva le lanzó una fría mirada y, tras cruzar la oficina, entró en el despacho de Olivia Redwood, su jefa.

–Ah, ya estás aquí. ¿Cómo te fue ayer?

–¿Ayer? No sabía que *madame* Duval fuera familia de Damiano D'Amico –respondió con cautela.

–Yo tampoco lo sabía. Hasta que me llamó por teléfono para decirme que está contento contigo y que contratará nuestros servicios –le explicó su jefa–. Es un hombre de lo más interesante, ¿verdad? Extraordinariamente guapo... e increíblemente rico.

Riva guardó silencio.

—Pero no parece que te haya causado una gran impresión —continuó Olivia—. ¿Cómo es posible? Cualquiera de las mujeres que trabajan en la empresa daría un ojo de la cara con tal de trabajar para los D'Amico. Y mucho más, tratándose de Damiano.

Riva se encogió de hombros.

—Será que no soy fácilmente impresionable. Además, mi vida ya es bastante complicada.

Olivia sonrió, pero no dijo nada al respecto. La jefa de Redwood Interiors no tenía por costumbre hablar de asuntos personales en el trabajo.

—En cualquier caso, te recuerdo que el señor D'Amico es un cliente importante. Pórtate bien y trátalo con respeto.

Riva asintió.

—Faltaría más.

—Tengo entendido que puede ser un hombre duro y excesivamente perfeccionista, pero supongo que no tendría tanto éxito si no exigiera el máximo a las personas que trabajan para él —declaró—. Cuento contigo, Riva. Espero que hagas un buen trabajo. Si esto sale bien, puede que nos encargue algo más.

—Lo sé.

Riva se preguntó qué habría dicho su jefa si hubiera sabido que se llevaba muy mal con Damiano D'Amico. Olivia era generosa con sus trabajadores, y le había ofrecido una oportunidad en el mundo del diseño porque había notado que tenía mucho talento. Pero también era una mujer de negocios, una ejecutiva astuta que no se mostraría comprensiva si ponía en peligro el éxito de la empresa.

–Parecía bien informado sobre mí –continuó.

–Bueno, es un hombre importante. Obviamente, quiso saber desde cuándo estás con nosotros y si estás capacitada para hacer el trabajo.

–Pero no le dijisteis nada de mi situación, ¿verdad?

Olivia entrecerró los ojos.

–¿Por qué se lo íbamos a decir? Dudo que le interese tu vida privada, aunque eres libre de contarle lo que quieras –contestó–. Solo te pido que no digas nada que pueda complicar la situación. Te estoy dando una oportunidad, Riva. No la desaproveches. Tenemos objetivos que cumplir, y cuento contigo para cumplirlos.

Riva pasó el resto de la mañana en la oficina, terminando con el papeleo de uno de sus últimos trabajos. Después de comer, alcanzó su cámara y su portátil y se fue a sacar fotografías de la sala que iba a redecorar en la Old Coach House.

Damiano le había dicho que seguramente estaría en la casa cuando llegara; pero, en lugar de llamar al timbre, sacó la llave que le había dado y entró.

Riva se sintió mejor cuando vio que no había nadie. Prefería trabajar sin la presión de su inquietante presencia. Y todo fue bien hasta que, al cabo de un buen rato, oyó que un coche se detenía junto a la entrada.

Se le aceleró el pulso al instante. Sabía que era Damiano, pero tuvo que resistirse a la tentación de correr al vestíbulo y asomarse por la ventana. Momentos después, oyó pasos en el corredor y se puso tan nerviosa que perdió el hilo de lo que estaba es-

cribiendo en el ordenador portátil. Aunque, a decir
verdad, carecía de importancia: solo se había puesto
a escribir para fingirse ocupada.

–*Buon giorno.*

Al oír su voz, Riva lo miró y le dio un vuelco el
corazón. Habría dado cualquier cosa por no ser tan
susceptible a sus encantos, pero no lo podía evitar.
Damiano tenía el pelo húmedo, como si acabara de
salir de la ducha, y su color negro contrastaba viva-
mente con el blanco de su camisa, que estaba ligeramente entreabierta, lo justo para que se adivinara
el vello oscuro de su imponente pecho.

–¿Estabas tan concentrada en tu trabajo que no
me has oído llegar? ¿O te has puesto a escribir para
fingir que no te importo?

A Riva le pareció asombroso que la conociera
tan bien, pero lo disimuló y dijo:

–Empezaba a pensar que ya no vendrías.

–Ah, sí... Había olvidado que esta tarde tenía que
jugar al squash con un amigo.

Ella no se dejó engañar. Damiano D'Amico no
era de la clase de hombres que olvidaban esas cosas. Evidentemente, le había dicho que estaría en la
casa para tenerla en suspense media tarde, sin saber
si se iba a presentar o no.

–¿Y has ganado? –preguntó con desinterés.

–Bueno... digamos que ha sido un partido satisfactorio.

–¿Para ti? ¿O para tu oponente?

Damiano se acercó a la mesa, se inclinó y alcanzó uno de los bocetos que Riva había dibujado.
Mientras lo observaba, dijo:

–Pensaba que me conocías mejor. Yo siempre juego para ganar.

Riva respiró hondo.

–Para ganar a toda costa, claro. Aunque hagas daño a la gente.

–Se hacen daño solos, por no conocer sus límites y jugar a cosas que les quedan grandes –alegó él–. Pero, si estás pensando en ese jueguecito que jugaste conmigo hace años, deja de mentirte a ti misma. El único daño que yo te hice fue de carácter físico. Y solo porque no me avisaste de que eras virgen.

Riva se quedó sin habla.

–Si me lo hubieras dicho, no habría permitido que las cosas llegaran tan lejos –prosiguió él.

–¿Y qué habrías hecho? –preguntó, herida–. ¿Encerrarme en una habitación y someterme a un interrogatorio? Además, nunca me habría acostado contigo si hubiera sabido que eras tan despreciable.

–¿Despreciable? ¿Por qué? ¿Por no ser tan crédulo como Marcello? –replicó él–. En cualquier caso, ha pasado mucho tiempo desde entonces. Es agua pasada. Pero, ya que lo mencionas, no recuerdo que te acostaras conmigo a regañadientes.

Riva se ruborizó y se puso tan nerviosa que se tuvo que levantar de la silla y cruzar la habitación para poner tierra de por medio.

–Por lo que a mí respecta, solo fuiste un episodio desgraciado en mi vida.

–¿Y cuántos episodios desgraciados has sufrido desde entonces, Riva? –preguntó Damiano, con sorna.

–¡Eso no es asunto tuyo!

–¿Cuántos episodios desgraciados? –insistió él–. Aunque, ahora que lo pienso, es una forma bastante cínica de plantearlo. No hay nada de desgraciado en acostarse con alguien por interés.

–¿Cómo te atreves a decir eso? Haces que parezca una...

–¿Una qué? –la interrumpió Damiano.

Una vez más, Riva guardó silencio. Le parecía increíble que tuviera tan mala imagen de ella, pero intentó convencerse de que no le importaba.

Al cabo de unos segundos, él declaró:

–Muy bien, dejémoslo estar. A fin de cuentas, los dos queremos olvidarlo. Jugaste fuerte y perdiste. La vida es así. Pero, al margen de nuestra mutua desconfianza, ni tú ni yo podemos negar que fue una experiencia de lo más placentera.

Riva lo miró con asombro.

–¿Lo crees de verdad? Porque, si lo crees, es que tu ego es mucho más grande de lo que me había imaginado. Para mí, fue una experiencia traumática.

–Mientes, Riva. Haces que parezca un tirano, y no lo soy –afirmó él–. Pero, si estás empeñada en tratarme como si lo fuera, será mejor que pongamos fin a esta situación. Es obvio que no podremos trabajar juntos.

Durante un terrible momento, Riva tuvo miedo de que Damiano llamara a su jefa para decirle que ella no podía hacer el trabajo y que le enviaran a otra persona. Sin embargo, mantuvo el aplomo y volvió a la mesa con intención de seguir trabajando, como si no pasara nada. Entonces, él se acercó y la agarró de la muñeca.

–No me asustas, Damiano –acertó a decir, sin aliento.

Él sonrió.

–Me alegro.

Sus ojos brillaron como dos lagunas oscuras a medianoche, hechizándola de tal modo que no se resistió cuando la tomó entre sus brazos.

–¿Qué estás haciendo? –preguntó con voz temblorosa.

Damiano volvió a sonreír.

–Siempre he pensado que las teorías están para llevarlas a la práctica. Y yo tengo una teoría sobre ti.

Él clavó la mirada en su boca y, antes de que ella pudiera preguntar a qué teoría se refería, la besó.

Riva se sintió completamente desbordada por los acontecimientos. No eran solo sus labios. Como Damiano se había apoyado en la mesa, se encontraba atrapada entre sus poderosos muslos y notaba su erección.

Aquello era una locura. Tenía que ponerle fin.

Intentó convencerse de que solo la quería humillar, de que se estaba vengando de ella por todo lo que le había dicho. Pero su contacto le gustaba tanto que, en lugar de apartarse, le pasó los brazos alrededor del cuello y acarició el oscuro y aún húmedo vello de su nuca.

Era maravilloso y desesperante a la vez. Por una parte, la voz de la razón le decía que estaba cometiendo un error; por otra, su cuerpo reaccionaba con una intensidad que ni ella misma creía posible. Lo deseaba con todas sus fuerzas. Deseaba al hombre que había sido su primer y su último amante.

Al final, se impuso la razón. Riva soltó un gemido de amargura, rompió el contacto de sus labios con los de él y dijo entre dientes:

–Maldito canalla...

Damiano mantuvo las manos en los hombros de Riva.

–Niégalo tanto como quieras, pero tú y yo sabemos que tus deseos se oponen a lo que dicta tu cabeza. Puede que me guardes rencor por haberos desenmascarado a tu madre y a ti, pero ese no es el verdadero motivo de tu rabia, ¿verdad?

Ella no dijo nada.

–Tu exasperación se debe a que te gusto –continuó Damiano–. Porque estás deseando que te tome... y porque eso no encaja en tus planes de someterme y de dejarme a merced de tus pequeñas y avariciosas manos.

–Cree lo que quieras creer –replicó ella en voz baja.

Riva se apartó y se apoyó en la mesa, todavía sin aliento, mientras intentaba recobrar la compostura. Si hubiera podido, le habría dicho muchas cosas. Le habría recordado que, al intervenir en los asuntos de su madre, se había convertido en causante indirecto de su muerte. Pero no tenía fuerzas para hablar y, por otro lado, pensó que no serviría de nada. Sencillamente, no la escucharía.

Estaba demasiado enfadado.

Justo entonces, él apartó la mirada con incomodidad y Riva se dio cuenta de que su actitud ocultaba algo más que enfado. Parecía cansado de luchar contra ella. O, más bien, de luchar contra sí mismo.

–Si ya has terminado de humillarme, podrías echar un vistazo a mi ordenador. Tengo unas cuantas ideas que me gustaría enseñarte.

Él se quitó la chaqueta y la dejó en el respaldo de la silla. Luego, se acercó al ordenador portátil y se puso a mirar las ideas de Riva mientras ella hacía esfuerzos por apartar los ojos de su duro y moreno pecho, que podía ver a través de la fina tela de la camisa.

Al cabo de unos momentos, Damiano asintió y dijo:

–Olivia tenía razón. Eres muy buena.

Riva pensó que, años atrás, se habría sentido inmensamente halagada por su comentario. Pero, en aquellas circunstancias, solo sintió una extraña mezcla de alivio y pesar.

–Me gusta pensar que tengo más ojo con el diseño de interiores que con las personas.

Mientras hablaba, Riva miró el reloj. Y Damiano se dio cuenta.

–¿Tienes prisa?

Ella tragó saliva, nerviosa.

–Sí, he quedado con alguien.

Él la miró con intensidad.

–¿Has quedado? ¿Con un hombre?

Riva no tenía ninguna cita importante, pero no estaba más dispuesta a darle esa información que a decirle que no había estado con ningún hombre desde que se acostó con él. Además, prefería que la creyera involucrada en una relación amorosa. De ese modo, la dejaría en paz y ella estaría a salvo de sus besos y de sí misma.

Sin embargo, sus propios sentimientos la sorprendieron. ¿A salvo de sí misma? ¿Cómo era posible que necesitara una defensa contra lo que sentía? Y, sobre todo, ¿cómo era posible que lo deseara? Aquel hombre le había partido el corazón y había sido el causante de la desgracia de su madre.

–Damiano... –dijo con inseguridad.

Él se apartó de ordenador y se quedó tan cerca de ella que podía sentir el calor de su cuerpo.

–¿Con quién has quedado, Riva? Tiene que ser muy especial para que te tiemble la voz.

–No es más que un compromiso sin importancia –se apresuró a contestar–. Pero me tengo que ir de todas formas.

–¿Un compromiso sin importancia? No, no lo creo. Por tu actitud, sé que es un hombre especial. Pero no te preocupes, *cara mia*. Si merece tu afecto, te esperará.

Riva sacudió la cabeza, intentando no parecer demasiado alarmada. Le había dado a entender que estaba saliendo con alguien y, en lugar de simplificar las cosas, las había complicado.

–No me puedo quedar. Prometí que llegaría a tiempo.

Él alcanzó el teléfono móvil de Riva, que estaba sobre la mesa, y se lo ofreció.

–Pues llámalo.

Riva le quitó el teléfono.

–No lo voy a llamar. Dije que llegaría a una hora y llegaré –bramó.

Él arqueó una ceja.

–Vaya, cuánta energía. Definitivamente, tiene que ser alguien especial.

–¡Lo es! –exclamó ella, perdiendo la paciencia. Damiano asintió.

–Sí, ya lo veo. Pero, si es tan especial como parece, me extraña que te dejes besar por el primero que se cruza en tu camino.

Riva se ruborizó.

–Si te refieres a lo que ha pasado hace unos momentos, yo no me he dejado besar. Me has pillado por sorpresa. Eso es todo –se defendió.

Él soltó una carcajada.

–¿En serio? Es curioso, porque me ha dado la impresión de que te gustaba –dijo con ironía–. Pero, cambiando de tema, espero que esto no se repita muy a menudo. Ahora trabajas conmigo. No quiero que te marches de repente cada vez que tenemos una reunión.

–Por supuesto que no –replicó ella, a la defensiva–. Además, ha sido culpa tuya. Si hubieras estado en casa, como dijiste, habríamos terminado hace un rato y yo no estaría a punto de llegar tarde a una cita.

Él volvió a asentir.

–Está bien –dijo, dándole la razón–. Pero recuerda que, mientras trabajes para mí, yo tengo prioridad.

Riva cerró el ordenador portátil, alcanzó el bolso y los bocetos y salió de la habitación tan deprisa como le fue posible.

Capítulo 3

EL RELOJ del salpicadero marcaba las cinco y diez cuando subió al coche, arrancó el motor y salió de la propiedad.

–¿Cómo ha podido pasar? –se preguntó en voz alta.

No lo entendía. Después de odiar a Damiano durante casi cinco largos años, se prestaba a trabajar para él y, por si eso fuera poco, descubría que lo deseaba más que nunca.

Intentó concentrarse en la conducción, porque el tráfico estaba bastante mal a csa hora. Pero su cabeza siguió dando vueltas al asunto y, al cabo de unos instantes, el pasado volvió a ella con la fuerza de un huracán.

Nacida cuando su madre solo tenía dieciocho años, Riva lo sabía todo sobre las dificultades y las privaciones. Durante su infancia, su padre no fue sino una sombra que entraba y salía de sus vidas, aunque casi siempre estaba ausente. Luego, acabó en prisión y, por fin, falleció sin que ella tuviera la oportunidad de conocerlo mejor.

La muerte de su padre fue un desastre, porque las dejó en la más absoluta de las pobrezas. Chelsea Singleman era joven, inteligente y guapa, así que no le faltaban pretendientes con dinero que se habrían podido ocupar de ellas. Sin embargo, la madre de Riva era también una mujer muy independiente, que estaba empeñada en hacer las cosas sin ayuda de nadie. Y, cuando conoció a Marcello D'Amico, Damiano lo estropeó todo.

Aún recordaba el impacto que le había causado su primer encuentro, cuando lo vio en la biblioteca de la casa de su tío, tan guapo y sonriente, tan cargado de sensualidad. Sus ojos brillaron y ella tuvo la sensación de que acariciaban las partes más intimas de su joven e inexperto cuerpo. Pero, a pesar de su inocencia, se dio cuenta de que Damiano desconfiaba de su madre y de ella.

La cara del canoso y atractivo Marcello apareció en sus recuerdos de repente. Chelsea se había enamorado de él y, por primera vez en su vida, parecía completamente feliz. Marcello le doblaba la edad, pero a Riva no le importaba. Era la solución a los problemas de su madre. Gracias a él, su tristeza y sus depresiones formaban parte del pasado.

Aquel día, tras una comida regada con champán, Chelsea y Riva salieron del comedor y pasearon un rato por los preciosos jardines.

–Damiano te ha estado mirando con mucha atención –declaró entonces Chelsea–. Será mejor que tengas cuidado... Te hará daño. Y no me refiero al tipo de daño que tu padre me hizo a mí, sino al que sufren las mujeres cuando se encaprichan de un hombre que solo se quiere divertir y esperan que les dé otra cosa.

En ese momento, como si sus palabras lo hubieran conjurado, apareció Damiano D'Amico.

–Hola, Damiano... ¿O debo llamarte «sobrino»?

Los labios de Damiano se curvaron en una sonrisa que, sin embargo, no brilló en sus ojos.

–Creo que sería un poco prematuro.

–Sí, es verdad, puede que tengas razón.

–Marcello te está buscando –le informó él–. Sospecho que te echa de menos.

Chelsea sonrió y se giró hacia la casa con tanta rapidez que tropezó en una piedra y estuvo a punto de perder el equilibrio.

–Entonces, será mejor que volvamos, Riva.

Riva intentó seguir a su madre, pero Damiano intervino con una suave y encantadora orden que la dejó clavada en el sitio, encantada de gozar de su atención.

–No, tú no. Quédate conmigo –dijo.

A pesar de las advertencias de Chelsea, que se alejaba hacia la casa con su cabello rubio flotando al viento, Riva sonrió a Damiano como una tonta. Se sentía dolorosamente atraída por él.

–Corrígeme si me equivoco, pero tengo la impresión de que tu madre ha tomado demasiado champán –comentó él con humor.

–¿Lo dices porque ha tropezado? No, ha bebido poco. Está algo distraída porque es muy feliz –dijo Riva en su defensa–. Pero, si hubiera bebido mucho, estaría en su derecho... al fin y al cabo, estábamos celebrando su inminente matrimonio.

Él guardó silencio.

–No me digas que te molesta que la gente sea feliz –continuó ella, en tono desafiante–. ¿Es que no te gusta ser feliz, Damiano?

Riva se estremeció cuando la mirada de Damiano

pasó brevemente de sus ojos a sus pechos, cuya parte superior asomaba por el escote de una blusa de colores.

–Por supuesto que me gusta –respondió con sensualidad–. ¿Y a ti, Riva?

Ella se ruborizó un poco.

–Por cierto, ¿cómo quieres que te llame si tu madre se casa con mi tío? ¿Prima? ¿O prefieres que te llame por tu nombre? –continuó.

Riva respiró hondo, embriagada por las sensaciones que Damiano D'Amico despertaba en ella. Pero no tanto como para pasar por alto el condicional de su frase.

–¿Si se casa? –preguntó–. Lo dices como si fuera una posibilidad remota... Pero ya están comprometidos.

Damiano sonrió otra vez y ella sintió que se hundía en aquellos ojos increíblemente negros. A continuación, la acercó con suavidad y le dio un beso apenas perceptible en los labios, pero suficiente para dejarla sin aire.

–Sí, es verdad.

Ese fue el primero de muchos encuentros íntimos, aunque Riva no dejó nunca de sentirse nerviosa cuando estaba con él. Fundamentalmente, porque le parecía increíble que un hombre tan interesante la encontrara atractiva.

Damiano quiso saberlo todo de ella. De dónde era, cómo era, qué le apasionaba. Nadie había conseguido que Riva se sintiera tan especial, ni tan consciente de sí misma como mujer. Pero tenía miedo de que perdiera interés cuando descubriera que no era más que una chica pobre, de modo que se inventó una historia con glamour, sin darse cuenta de que estaba jugando a un juego muy peligroso.

Más tarde, Damiano decidió alargar su estancia en la casa de Marcello y Riva pensó, en su inocencia, que se quedaba por ella. Las advertencias de su madre habían caído en saco roto, y las despreció de nuevo cuando se las reiteró una noche, mientras la ayudaba a maquillarse para salir a cenar con ella y su prometido.

—Sé que Damiano es atractivo, maduro y mucho más excitante que cualquiera de los chicos con los que has salido hasta ahora, pero creo que tiene demasiada experiencia para una jovencita de tu edad. Hazme caso, Riva... He vivido mucho más que tú y sé lo que digo. No me gustaría que te hicieran daño.

—Ya no soy una niña, mamá —dijo ella tranquilamente—. Puede que no te hayas dado cuenta, pero he crecido.

Chelsea le dio un beso en la frente.

—Sí, ya lo sé. Pero también lo saben los hombres como Damiano D'Amico. Eso es lo que me preocupa.

—No te preocupes por mí. Sé lo que hago.

Al recordar su conversación, Riva sacudió la cabeza y pensó que no podía haber estado más equivocada. Pero ya no tenía remedio. Se había encaprichado de él; estaba completamente atrapada en sus redes y, para empeorarlo todo, se había inventado una historia y lo había engañado sin más intención que la de hacerle creer que era una mujer de mundo.

Aquella noche, mientras ella le desabrochaba la

camisa en su dormitorio, Damiano la miró a los ojos y dijo:

—Sabes lo que estás haciendo, ¿verdad?

Riva no lo sabía en absoluto, pero se comportó como si lo supiera y le quitó la ropa con seguridad, dispuesta a hacer lo que fuera necesario para que Damiano no cayera en la cuenta de que estaba con una chica virgen. No quería sufrir esa humillación. No soportaba la idea de que se asustara y se alejara de ella.

Por supuesto, Damiano terminó por darse cuenta de que era virgen; pero las cosas habían ido demasiado lejos para entonces, y no fue capaz de refrenarse.

Para ella, fue una experiencia mágica. Jamás se habría imaginado que el sexo pudiera ser tan satisfactorio. El orgasmo azotó su cuerpo con oleadas y oleadas de placer que la dejaron agotada. Y, al cabo de unos momentos, cuando ya empezaba a respirar con normalidad, él se apoyó en un codo y la miró con dureza.

—Me has mentido, Riva.

Ella no dijo nada. No se atrevió.

—Me has mentido —insistió él—. ¿Cómo es posible?

—Yo...

—¿Pensaste que no lo notaría?

Riva sacudió la cabeza, nerviosa.

—No... solo pensé que no te importaría.

Él la miró con incredulidad y se levantó de la cama.

—¿Que no me importaría? ¡Maldita sea! *Mamma mia*! —exclamó, enfadado—. ¿No comprendes lo que has hecho?

Riva se sintió terriblemente avergonzada, pero se defendió de todas formas.

—¿Por qué te importa tanto mi virginidad? No era tan importante. Incluso pensé que lo encontrarías halagador.

—¿Halagador? ¿Esperabas que te diera las gracias por ofrecerme tu virginidad? No me lo puedo creer... Y por si fuera poco, hemos hecho el amor sin preservativo. ¿Qué pasaría si te quedaras embarazada? —bramó Damiano—. Porque supongo que también es mentira que estás tomando la píldora.

Riva volvió a guardar silencio.

—¿Crees acaso que me alegraré si te presentas dentro de unas semanas y me dices que vas a tener un hijo mío? —continuó.

—No, yo no...

—¿O es que forma parte de un plan? —la interrumpió Damiano.

—¿Un plan? —preguntó ella, frunciendo el ceño—. ¿Qué plan?

—¡Sí, claro! ¡Por eso mentiste al decir que estabas tomando la píldora! Ahora lo entiendo... Intentas echarme el lazo como tu madre se lo ha echado a Marcello, ¿verdad? No está mal pensado, Riva. Reconozco que tienes talento. ¡La madre se queda con el tío y la hija, con el rico y estúpido sobrino!

Riva tardó unos segundos en reaccionar. Estaba asombrada. Le parecía increíble que fuera tan cruel y la creyera capaz de ser tan maquiavélica.

—¡Eso no es cierto! ¡Yo no quiero echarte el lazo! Y, para tu información, es verdad que estoy tomando la píldora —mintió.

Esa vez, fue él quien guardó silencio.

–Eres muy injusto, Damiano. Te equivocas conmigo y te equivocas con mi madre. Está sinceramente enamorada de él.

Damiano hizo caso omiso de su afirmación.

–Pero eras virgen –dijo.

–¿Y qué? Siempre hay una primera vez, ¿no?

–¿Y me has tenido que elegir a mí para perder la virginidad? –preguntó, mientras se empezaba a vestir–. Qué suerte tengo.

–¿Por qué te pones así? No entiendo nada.

–Porque me has engañado, Riva. Me has hecho creer que eras una mujer con experiencia –le recordó con rabia–. Bueno, espero no haberte decepcionado... Aunque es posible que tus gemidos de placer no fueran más que otra mentira.

Damiano salió de la habitación sin abrocharse la camisa y dio un portazo.

Dos días después, Chelsea apareció con lágrimas en los ojos porque Marcello había roto su compromiso matrimonial. Al parecer, Damiano las había investigado y había descubierto que estaban en la ruina y que el difunto marido de Chelsea no había sido un oficial de la Marina británica, sino un borracho que había terminado en la cárcel.

Riva se sintió peor que nunca. Era consciente de que, con sus mentiras, había alimentado la desconfianza de Damiano y había llevado la desgracia a su madre. De hecho, ni siquiera se pudo defender cuando él se presentó otra vez en su dormitorio y la volvió a llamar mentirosa. A fin de cuentas, lo era.

–Tendrás que perdonarme, *carissima*, pero me

alegro de lo que ha pasado. He librado a mi familia de dos mujeres tan poco respetables como vosotras –declaró con sarcasmo–. Aunque reconozco que no ha sido tan molesto como me imaginaba. Has estado de lo más cariñosa en tu papel.

–Eres un canalla –acertó a decir ella.

Damiano sonrió.

–Puede que lo sea. Pero, en tal caso, estamos hechos de la misma madera –afirmó–. Y ahora, será mejor que te deje. Tengo cosas que hacer.

Aquella misma tarde, Riva y Chelsea hicieron las maletas y se marcharon. Chelsea se hundió en la tristeza y tardó varios meses en empezar a recuperarse, pero Riva no tuvo ocasión de hacerse ilusiones al respecto.

Un día, al volver de la compra, la encontró tumbada en el sofá. Intentó despertarla, pero fue en vano. Se había tomado una dosis mortal de pastillas.

Y todo, por culpa de Damiano D'Amico.

Riva lloró durante semanas enteras, deseando no haber conocido a aquel hombre y, sobre todo, deseando que su madre no hubiera conocido a Marcello ni la hubiera invitado a viajar a Italia, para presentárselo.

Sin embargo, habían pasado cinco años desde entonces. Cinco largos años que habían borrado casi todas las heridas. Y, cuando aparcó el coche delante de su casa, Riva se recordó que de aquella tragedia había surgido algo bueno.

Su hijo, Ben.

Capítulo 4

¡MAMÁ!

A Riva le brillaron los ojos cuando se puso en cuclillas y abrió los brazos hacia el niño que corría hacia ella.

Momentos después, apareció una mujer de aspecto maternal. Era Kate Shepherd, una amiga suya que a veces se quedaba a cuidar del pequeño.

–Oh, lo siento. Lo siento mucho, de verdad. No tenía intención de llegar tarde –se disculpó Riva.

Kate sonrió.

–No hace falta que pidas disculpas. Sabes que no me importa cuidar de tu hijo. Es un verdadero ángel.

–Pero creo recordar que hoy habías quedado.

–Sí, eso me temo. Tengo que llevar a mi madre al médico.

Riva se volvió a disculpar y, a continuación, miró la tarjetita con dibujos que sostenía el niño.

–¿Es para mí? –preguntó.

Ben asintió con una sonrisa en los labios.

–Y la ha hecho él mismo –declaró Kate.

Para Riva, aquel era el momento más bonito de cada jornada: cuando llegaba después de trabajar, abrazaba a su hijo y le oía contar historias sobre su día. Ben era un chico de lo más sociable, que se divertía con cualquier cosa; y, a pesar de su corta edad, ya empezaba a demostrar la inteligencia y el carácter de su padre. De un hombre que ni siquiera conocía su existencia.

Cuando Riva se dio cuenta de que estaba esperando un niño, Chelsea le pidió que se lo dijera a Damiano. Su madre pensaba que tenía derecho a saberlo, y no le faltaba razón. Sin embargo, Riva lo guardó en secreto. Prefería ser madre soltera a tener que relacionarse con un hombre que la despreciaba.

Además, se había quedado embarazada de un modo que complicaba demasiado las cosas. Le había dicho que estaba tomando la píldora, y no era cierto. Si hubiera hablado con él y le hubiera dicho que iba a tener un hijo suyo, habría pensado que le había tendido una trampa y habría confirmado sus terribles acusaciones.

Durante un momento, mientras le acariciaba el pelo a Ben, pensó que quizás había hecho mal. Pero sus dudas desaparecieron enseguida. Damiano había destrozado la vida de Chelsea. Y no necesitaba el apoyo de un hombre que la consideraba una ambiciosa, calculadora y despreciable cazafortunas.

Definitivamente, era mejor que las cosas siguieran como estaban. Damiano no sabía nada del niño y Ben no alcanzaba a imaginar que su padre pertenecía a una de las familias más poderosas de Italia.

Desde luego, Riva era consciente de que, cuando creciera, empezaría a hacer preguntas sobre su padre. Y entonces, tendría un problema. ¿Cómo le iba a decir que Damiano era el responsable indirecto de la muerte de su abuela?

Por suerte, aún faltaba mucho para eso.

—Ven conmigo, cariño.

Riva sonrió a Ben y lo llevó al salón.

Durante las noches siguientes, Ben durmió bastante mal. A Riva le extrañó, porque normalmente dormía como un lirón. Y, por supuesto, la inquietud del pequeño contribuyó a que ella descansara aún menos que de costumbre.

Tres días más tarde, estaba tan agotada que le faltó poco para no oír el despertador y faltar a su cita con Damiano en la Old Coach House. Se levantó a toda prisa, se duchó, se vistió y bajó a la cocina para preparar el desayuno. Kate apareció unos minutos después, y Riva se sintió culpable cuando dejó al niño al cuidado de su amiga.

—Ten cuidado con él. Hoy va a estar más cascarrabias que de costumbre —le advirtió.

—No me digas que ha dormido mal otra vez.

—Me temo que sí.

Antes de salir de la casa, miró a su hijo y le dijo:

—No te preocupes, Ben. El día pasará muy deprisa y, antes de que te des cuenta, tu mamá volverá a estar contigo.

Mientras subía al coche, se preguntó a quién pretendía engañar. Tanto si su hijo estaba contento como si empezaba a protestar por su ausencia, iba a ser un día extremadamente largo. E intentó consolarse con el hecho de que, si trabajaba tantas horas, era para que Ben tuviera una infancia mejor que la suya.

Cuando llegó a la Old Coach House, se dirigió directamente a la sala del fondo de la casa. Damiano, que estaba trabajando en su ordenador, notó su expresión de cansancio y preguntó con interés:

—¿Anoche te acostaste tarde?

Riva no le podía dar explicaciones, así que optó por la respuesta más fácil.

—Se podría decir que sí.

Su aspecto no podía ser más distinto. Él parecía totalmente descansado con su traje de color gris y su camisa blanca. Era obvio que había tenido tiempo de acicalarse. En cambio, ella solo había tenido el justo para pasarse el cepillo por el pelo, vestirse a toda prisa y pintarse la raya de los ojos antes de salir.

—¿Ha merecido la pena?

Ella apretó los dientes, irritada. Damiano seguía convencido de que estaba saliendo con un hombre.

—¿Tanto te interesa mi vida amorosa?

Él la miró de arriba abajo con intensidad e insolencia.

—¿Cómo no me va a interesar? Nos vemos casi todos los días —contestó—. Es lógico que me preocupe por ti.

Riva tragó saliva e intentó disimular lo mucho que le había gustado su mirada.

—Déjate de tonterías. Los dos sabemos que no te importo nada.

Damiano se rio.

—Ah... Había olvidado tu tendencia a ser brutalmente franca —ironizó.

Ella pasó a su lado, dejó el maletín en la mesa y lo abrió para sacar su ordenador portátil, fingiendo una seguridad que estaba lejos de sentir.

–Aún no has contestado a mi pregunta –continuó Damiano–. ¿Ha merecido la pena?

–Por supuesto. Ha sido magnífico.

Riva lo maldijo para sus adentros, harta de sus elucubraciones y sus mofas. Damiano se dio cuenta de que la había molestado y se sintió un poco culpable por zaherirla constantemente. Pero no lo podía evitar.

Increíblemente, estaba celoso. Seguía pensando que Riva no era más que una ambiciosa sin escrúpulos, pero la encontraba fascinante y no podía negar que la deseaba. De hecho, había decidido que volvería a ser suya. Por lo menos, en la cama. Y estaba acostumbrado a conseguir lo que quería.

Pero ¿quién era ese hombre que la mantenía despierta todas las noches? ¿Quién era el hombre que acariciaba su cuerpo desnudo y le daba placer? ¿Tenían una relación seria? ¿O solo una aventura?

Damiano solo sabía que le disgustaba la idea de que se acostara con otro. Y como estaba cansado de hacer conjeturas, se levantó de la silla y cambió de conversación, en un intento por olvidar el asunto.

–Bueno, ¿qué tienes para mí?

Riva sacó una carpeta con los bocetos que había preparado.

–Échales un vistazo, a ver qué te parecen. He intentado cumplir tus requisitos.

Él los miró ante la indiferencia de Riva, que habría dado cualquier cosa por poder llamar a su casa y preguntar a Kate por su hijo. Pero la Old Coach House era de muros tan anchos que, a veces, no tenía cobertura telefónica en el móvil. Y no quería pedir permiso a Damiano para usar el teléfono fijo, porque despertaría su curiosidad y se arriesgaría a que descubriera la existencia de Ben.

–Como ves, he cambiado la distribución de la luz. Tu abuela es una mujer mayor y dudo que vea mejor con el paso de los años. Pero solo es una propuesta inicial. Tengo que trabajarla un poco más.

Damiano asintió.

–Bueno, haz lo que estimes oportuno.

Riva se sintió inmensamente aliviada cuando, unos momentos después, él anunció que se tenía que ir y se marchó sin más.

En cuanto oyó el motor de su coche, se abalanzó sobre el teléfono fijo y marcó el número de su casa.

–¿Dígame?

–Hola, Kate, soy yo. ¿Qué tal está Ben?

–Muy bien. No te preocupes por nada. Ha estado jugando desde que te marchaste –respondió su amiga–. Lo acabo de acostar para que se eche una siesta.

Riva se sintió muy aliviada.

–Ah, magnífico.

Tras charlar unos minutos con Kate, se despidió de ella y se puso a trabajar. A la hora de comer, sacó los sándwiches de lechuga, mahonesa y atún que se había preparado la noche anterior, salió del edificio y se sentó al sol en los abandonados jardines de la mansión, junto a un árbol.

Ben se encontraba bien. Riva suspiró, apoyó la

espalda en el tronco del árbol y se preguntó qué diría Damiano si llegara a saber que tenía un hijo.

Chelsea le había aconsejado que se lo contara, pero no era de extrañar, porque no guardaba tanto rencor a los D'Amico como ella. De hecho, hasta salía en defensa de Marcello cuando Riva le recordaba lo sucedido. Decía que era lógico que hubiera roto su compromiso matrimonial, teniendo en cuenta lo que Damiano había descubierto.

Sin embargo, Riva no era ni tan tolerante ni tan comprensiva con el sobrino de Marcello. Desde su punto de vista, Damiano seguía siendo el mismo canalla que había destrozado la vida de Chelsea, se había acostado con ella por motivos completamente indignos y, después, le había roto el corazón.

Ben era su hijo, pero eso no cambiaba las cosas.

Entonces, ¿por qué se sentía culpable por no habérselo contado? A fin de cuentas, Ben y ella eran felices. No necesitaban a Damiano. Y no estaba dispuesta a que un concepto mal entendido de la responsabilidad pusiera en peligro su dicha.

Al cabo de un rato, tuvo la sensación de que una larga sombra caía sobre ella y le tapaba el sol. Se había quedado dormida sin darse cuenta, y se pegó un buen susto cuando abrió los ojos y vio que la sombra no formaba parte de ningún sueño.

–*Spiacente...* –dijo Damiano, que se había inclinado hacia ella para despertarla–. Lo siento. No pretendía asustarte.

Riva sintió vergüenza. En realidad, no era para tanto; se había dormido porque había pasado una mala noche y estaba cansada. Pero Damiano la tomaría por una vaga que abandonaba su trabajo cuando él no estaba presente y se dedicaba a sestear.

–Oh, lo siento –declaró con inseguridad–. No sé lo que ha pasado. Me he sentado a comer y, de repente...

Él se encogió de hombros.

–Descuida. No tienes que rendirme cuentas de todo lo que haces.

Riva recogió los restos de su comida y se levantó, incómodamente consciente de la cercanía física de Damiano. Hacía lo posible por no fijarse en él, pero no lo conseguía. Y empezaba a pensar que hasta la inquietud nocturna de Ben era consecuencia de su propio estado de ánimo. Obviamente, el niño lo notaba y se ponía tenso.

Al bajar la vista, vio que tenía varias hojas en la ropa y supuso que se habrían caído del árbol mientras dormía.

¿Aún te dedicas a subirte a los árboles? –preguntó él.

Riva lo miró con desconcierto.

–¿Cómo?

Él señaló las hojas y dijo:

–Cuando te investigué hace años, descubrí que tu madre y tú os habíais encaramado a un árbol y habíais estado en él dos días enteros, en gesto de protesta.

Riva se limpió la ropa y frunció el ceño al recordar el incidente, que la prensa había sacado de quicio.

–Solo intentábamos impedir que un grupo de especuladores destruyera una zona verde para construir un aparcamiento y dos locales de comida rápida.

—¿Y lo conseguisteis?

Riva sacudió la cabeza.

—No. Me temo que ganaron ellos.

Él la miró con humor.

—También leí que te habías tumbado en el fondo de una zanja...

—Sí, ya sé lo que publicaron los periódicos, pero no es verdad —replicó ella—. No me tumbé. Tropecé y me caí.

Justo entonces, Riva observó que Damiano tenía un trozo de lechuga en la manga de la chaqueta.

—Oh, vaya...

—¿Qué ocurre?

Riva se acercó a él y le quitó la lechuga. Desgraciadamente, tenía mahonesa y le había dejado una mancha.

—Se te habrá pegado cuando te has inclinado a despertarme. ¿Quieres que te ponga un poco de agua y te la limpie?

—No, no es necesario.

Los dos se pusieron a andar en dirección a la casa.

—Pero hay una cosa que me gustaría saber —continuó Damiano.

—¿De qué se trata?

—¿Por qué crees que una mujer como tú, una ciudadana normal y corriente, puede cambiar el mundo? Luchar contra especuladores, encaramarse a árboles...

–Y seducir a ricos para robarles el dinero –lo interrumpió con sorna.

Él la miró y sonrió de nuevo, pero hizo caso omiso del comentario.

–¿Cómo te metiste en ese lío? Eres demasiado pequeña para enfrentarte al sistema, Riva. Demasiado frágil para luchar contra instituciones, grandes empresas, multinacionales y... gente como yo.

–Puede que sea cierto, pero ¿qué tendríamos que hacer los ciudadanos normales y corrientes, como dices? ¿Quedarnos callados, echarnos al suelo y permitir que el mundo nos aplaste? –preguntó Riva.

Damiano la dejó hablar.

–Mi madre me enseñó a no cruzarme de brazos. Chelsea odiaba la injusticia. Y me sumé a esa causa porque, al igual que ella, creía que podía cambiar las cosas.

–¿Creías? Has hablado en pasado –observó él.

–Sí, bueno... Más tarde, me di cuenta de que cambiar el mundo no era tan sencillo. Pero seguí al lado de mi madre porque...

Ella dejó la frase sin terminar.

–¿Sí? ¿Qué ibas a decir?

Riva suspiró.

–No importa. No lo entenderías.

En realidad, Riva no se había sumado a tantas causas porque pensara que su contribución era importante, sino porque era importante para su madre. Si estaba a su lado, podía cuidar de ella y asegurarse de que no iba demasiado lejos.

Pero su madre había fallecido, y ahora solo estaban ella, su hijo y su trabajo, además del hombre que caminaba a su lado, tan alto y atractivo como siempre.

—¿Quién es él, Riva?

—¿Qué? ¿A quién te refieres?

—Al tipo con el que estás todas las noches. Al que te roba tanto sueño que luego te quedas dormida a la hora de comer.

Ella se ruborizó.

—Eso no es asunto tuyo.

—Lo es, porque ahora trabajas para mí.

Riva se maldijo una vez más por haberlo inducido a pensar que tenía un amante.

—No te preocupes por eso. Mi trabajo no se resiente de mi falta de sueño.

Un segundo después, llegaron a la puerta de la verja que daba al patio de la Old Coach House. Era tan pequeña que no podían entrar dos personas a la vez, y Riva se sobresaltó cuando él se puso delante y le cerró el paso.

—¿Quién es? —insistió.

Ella tragó saliva.

—Mira... siento que creas que me dedico a dormir en horas de trabajo. Si te vas a sentir mejor, me llevaré los bocetos a casa y trabajaré en ellos durante mi tiempo libre.

—No, eso no es suficiente.

Riva lo miró con expresión de desafío.

—Pues tendrá que serlo. Es todo lo que puedo hacer.

Damiano sacudió la cabeza.

—Se me ocurre una idea mejor —dijo.

—¿Cuál?

–Que llame por teléfono a tu jefa e insista en que te quedes aquí, conmigo, hasta que termines el trabajo para mi abuela.

Ella se quedó tan atónita que tardó unos segundos en responder.

–Olivia Redwood no tiene tanto poder sobre mí, Damiano. No me puede obligar a quedarme contigo.

–Puede que Olivia no tenga tanto poder... pero yo, sí.

Riva supo que tenía razón. Damiano no era su dueño, pero le podía complicar la vida con suma facilidad. Y, si se empeñaba en que se quedara en la Old Coach House, ¿qué iba a hacer con Ben?

La situación no podía ser más delicada.

–¿Qué estás sugiriendo? ¿Que duerma en tu cama?

Él le dedicó una sonrisa cruel.

–¿Eso es lo que quieres? –replicó–. Pensaba que habías aprendido la lección la primera vez, pero veo que me había equivocado.

–¡Cómo te atreves a...!

Damiano la interrumpió sin pronunciar una sola palabra, por el sencillo procedimiento de ponerle las manos en los hombros.

Luego, la miró a los ojos durante unos momentos y dijo:

–¿Eso es una protesta, *cara*? Porque, si lo es, permíteme recordarte que tus protestas tienden a estar vacías. Tú y yo sabemos que ardes en deseos de recibir tu castigo... porque sabes que hasta el castigo puede ser terriblemente dulce.

Él inclinó la cabeza y le dio un beso en la comisura de los labios; un beso tan suave que apenas lo notó. Pero, en combinación con el roce de su piel y el contacto de sus manos, bastó para excitarla.

—Suéltame —dijo con debilidad.

Damiano lanzó una carcajada tan sensual como ronca, perfectamente consciente de la tensión de su cuerpo.

—¿Por qué? ¿Porque no puedes aceptar que me deseas? Por mucho que lo niegues y que te lo niegues a ti misma, sigues siendo una mentirosa —afirmó—. Admítelo de una vez, *carissima*... cuando te fingiste una mujer de mundo y me arrastraste a la cama, te diste cuenta de que habías deseado más de lo que podías abarcar.

Riva pensó que tenía razón, por mucho que le molestara reconocerlo. Se había buscado un enemigo demasiado grande. Tan grande que, cinco años después, seguía siendo incapaz de resistirse a sus encantos.

A pesar de ello, sacó fuerzas de flaqueza y dijo:

—Yo no te arrastré a la cama. No formaba parte de un plan.

Él arqueó una ceja.

—¿Ah, no? Entonces, ¿por qué fingiste ser lo que no eras?

Riva guardó silencio.

—De todas formas, eso ya no tiene importancia —continuó Damiano—. Por la forma en que reaccionaste el otro día, cuando te besé, no me sorprendería que te hayas convertido en una mujer tan experta como yo. Aunque admito que me siento un poco culpable por haberte iniciado en ese camino. Al fin y al cabo, perdiste la virginidad entre mis brazos.

Ella respiró hondo.

—Bueno, no te preocupes por eso. Seguro que lo superarás —dijo con ironía.

—Sí, *forse*... Es posible. Pero ¿qué me dices de ti, *cara*? ¿También lo superarás?

—¿Qué quieres decir?

—Tengo entendido que las mujeres siempre se acuerdan de su primer amante —respondió él—. ¿Tú te acuerdas de mí? ¿Recuerdas el contacto de mis manos? Porque yo me acuerdo muy bien de las tuyas.

Los ojos verdes de Riva se clavaron en Damiano. ¿Lo habría entendido mal? ¿Le estaba diciendo que, a pesar de todo lo ocurrido, a pesar de considerarla una mentirosa, no había olvidado aquella noche?

Él se rio con suavidad y, a continuación, le acarició el cabello, bajó la mano por su espalda, la cerró sobre su trasero y se apretó contra Riva.

—¿Lo ves, *cara*? Eres mucho más pequeña que yo, pero encajamos maravillosamente bien. ¿Cuánto tiempo tiene que pasar para que admitas que me deseas tanto como entonces? ¿Cuánto tiempo te podrás resistir?

Ella cerró los ojos en un intento por controlar su deseo, que se había desatado al sentir la erección de Damiano.

Si las circunstancias hubieran sido distintas, se habría rendido a él y se habría dejado llevar. Pero no podía. El precio de sus caricias era demasiado alto. Le había partido el corazón una vez, y no iba a cometer el mismo error.

—No te hagas ilusiones. Como tú mismo has recordado hace un momento, estoy saliendo con un hombre. Y me da mucho más placer del que tú me podrías dar en toda tu vida.

Riva no supo si fue ella quien rompió el contacto o él quien se apartó y la dejó ir. Solo supo que entraron en la casa y que, durante la hora siguiente, tuvo grandes dificultades para concentrarse en el trabajo. En parte, porque Damiano no dejaba de mirar la pantalla del ordenador portátil por encima de su hombro.

Afortunadamente, Damiano se cansó de mirar al cabo de un rato y la dejó a solas. Entonces, ella sacó el teléfono móvil para llamar a un especialista en iluminación y preguntar sobre las distintas posibilidades que se le habían ocurrido. Pero, como de costumbre, descubrió que no tenía cobertura.

Ya había dejado el móvil sobre la mesa cuando se dio cuenta de que tenía una llamada perdida. Y era de Kate.

¿Le habría pasado algo a Ben?

Asustada, se levantó a toda prisa y salió de la casa para llamar. Su mente era un caos de escenarios a cual más inquietante. ¿Habría sufrido un accidente? ¿Estaría enfermo? Kate sabía que no le gustaba que la llamaran cuando estaba trabajando, lo cual significaba que había pasado algo malo.

—¿Kate? ¿Qué ha pasado? —preguntó, alarmada—. Acabo de ver que me has llamado.

—Es Ben —dijo Kate al otro lado de la línea—. Se

ha negado a comer... supongo que la falta de sueño le ha quitado el apetito. Pero no te preocupes. Al final, he conseguido que se tome un vaso de leche. Al menos, tendrá las proteínas que necesita.

Riva soltó un suspiro de alivio.

—Bueno, no me extraña mucho. Como sabes, no está durmiendo bien.

—Ni tú tampoco, creo recordar.

—No, yo tampoco. Estoy trabajando en un proyecto muy exigente, que me tiene muy alterada. Creo que Ben se da cuenta y que por eso no pega ojo, pero, en cualquier caso, mi nerviosismo no nos hace bien a ninguno de los dos.

—Es posible que tengas razón, pero estoy segura de que se le pasará pronto —la tranquilizó su amiga.

—En fin, será mejor que te deje —declaró Riva, al ver que Damiano se acercaba—. Gracias por llamar.

—De nada.

Riva cortó rápidamente la comunicación.

—¿Algún problema? —preguntó Damiano, tan perceptivo como siempre.

—No, nada que no pueda resolver.

—¿Seguro?

—Seguro —afirmó Riva, tensa.

Él sonrió.

—¿Por qué llamas desde tu teléfono móvil? Sabes que puedes usar el fijo.

—Sí, pero prefiero ser independiente.

—¿Hasta en las llamadas telefónicas? ¿Y bajo la lluvia?

Riva ni siquiera había notado que estaba lloviendo. No era más que una llovizna ligera, pero ya había humedecido el negro cabello de Damiano y las hojas de los arbustos que crecían alrededor del edificio.

—Ah... es tan fina que no me había enterado.

Damiano frunció el ceño. Evidentemente, no la creía.

—Vamos, ¿por qué no admites que has salido porque tenías miedo de que escuchara tu conversación?

—Eso es una tontería.

—No, no lo es. Mi instinto no se equivoca nunca, y mi instinto me dice que estabas hablando con alguien importante para ti.

Riva no le podía decir la verdad, pero decidió cambiar de estrategia y admitir indirectamente que estaba en lo cierto. Al fin y al cabo, ya había quedado bastante mal con él cuando la descubrió dormida en los jardines. No quería que, además, llegara a la conclusión de que interrumpía el trabajo para hacer llamadas de carácter personal sin un buen motivo.

—Mira... es que he tenido unos días bastante malos.

—¿Unos días malos? —preguntó con interés.

Damiano pensó que estaba increíblemente guapa. Tenía el cabello algo revuelto, como si se acabara de levantar de la cama, y una expresión de inseguridad que, por algún motivo, le resultaba muy tentadora.

—Bueno, me han surgido un par de problemas que me tienen algo descentrada —acertó a contestar.

Él asintió con un movimiento apenas perceptible.

–Si te puedo ayudar...

A Riva le pareció una oferta extraordinariamente irónica, teniendo en cuenta que era el culpable indirecto de la falta de sueño de Ben y de ella misma. Pero se dijo que debía aprender la lección. Damiano era un problema, incluso a distancia. Y no cometería el error de dejarlo entrar en su vida.

–Creo que lo puedo solucionar sin ayuda.

Su declaración no pudo ser más sincera. Al fin y al cabo, había criado a Ben sin su padre y sin más ayuda que la de Kate. Ni siquiera se había apoyado en Chelsea cuando estaba viva, porque le preocupaba su estado mental y porque tenía miedo de que no tuviera fuerzas para cuidar del niño, que era tan exigente como todos.

Un momento después, cuando ya se había dado la vuelta para entrar en la casa, la voz de Damiano la sacó de sus pensamientos.

–Líbrate de él, Riva.

Riva cerró los ojos y se puso tan tensa que tuvo la impresión de que se le iba a quebrar la espalda . Las palabras de Damiano se referían al hombre que, teóricamente, se estaba acostando con ella. Pero, durante un momento, pensó que se refería a Ben. Y se emocionó tanto que se le llenaron los ojos de lágrimas.

Para empeorar las cosas, Damiano se puso delante de ella y, al ver que estaba a punto de llorar, le acarició la mejilla y dijo:

–Comprendo.

Riva era consciente de que la situación no podía ser más absurda. Él pensaba que tenía problemas con un novio que solo existía en su imaginación. Y ella estaba emocionada sin razón aparente mientras la lluvia le empapaba el pelo y le corría el rímel.

–No, Damiano. No entiendes nada.

Sacudió la cabeza y se alejó de él.

Capítulo 5

POR suerte, Damiano no insistió en que se quedara en la Old Coach House. Pero Riva no estaba tranquila, porque sabía que podía retomar la idea en cualquier momento.

Sin embargo, los días posteriores fueron agradablemente relajados. Como debía terminar el proyecto y organizarlo todo, tuvo la excusa perfecta para trabajar en su despacho de Redwood Interiors.

Las cosas se torcieron la noche anterior a su siguiente encuentro con Damiano. Estaba tan tensa que no podía dormir y, encima, a Ben le dolía el estómago.

Mientras le acariciaba el cabello al pequeño, se sintió terriblemente culpable. Pensó en la conversación que había mantenido con Kate y se volvió a repetir que Ben notaba su nerviosismo y lo somatizaba.

A la mañana siguiente, decidió llamar a su jefa para suspender la reunión con Damiano. Ben se encontraba mejor, pero no las tenía todas consigo.

—Hoy no podré ir a la casa del señor D'Amico —le informó—. Ben está enfermo.

—Pero puedes trabajar en tu casa, ¿no?

—Sí, por supuesto.

—Entonces, ¿dónde está el problema?

–En que había quedado con él a las diez –dijo Riva–. Me preguntaba si podrías llamarlo por teléfono y darle alguna excusa. No sé... dile que no me encuentro bien.

Afortunadamente, Olivia se mostró de acuerdo. No quería incomodar a un cliente con los problemas personales de un miembro de la plantilla, y su excusa era mucho mejor que decirle la verdad.

Aliviada, Riva preparó el desayuno a Ben y, tras conseguir que comiera un poco, se quedó con él hasta que se durmió tranquilamente en el sofá. Era obvio que la inquietud del niño desaparecía cuando ella estaba a su lado, y eso no sirvió para que se sintiera mejor. Bien al contrario, aumentó su sentimiento de culpabilidad. Pasaba demasiado tiempo lejos de su hijo. Y aunque Ben se llevaba bien con Kate, no era lo mismo que estar con su madre.

Una vez más, se recordó que trabajaba tanto para que Ben pudiera tener una vida cómoda, sin los miedos y la inestabilidad que ella había sufrido en la infancia. Luego, aprovechando que seguía dormido, subió a su dormitorio, quitó la ropa de cama y la metió en la lavadora. Cuando terminó, entró en el cuarto de baño, dejó la puerta abierta por si Ben se despertaba y se dio una ducha rápida.

Minutos después, volvió al salón. El niño estaba tan profundamente dormido como antes, pero Riva pensó que estaría más cómodo en la cama, así que lo tomó en brazos con sumo cuidado y lo acostó.

Acababa de salir de la habitación del pequeño cuando llamaron al timbre de la casa. Riva abrió la puerta y se quedó asombrada.

Era la última persona que esperaba ver.

–Damiano... ¿qué haces aquí?

–Me han llamado de Redwood Interiors. Han dicho que no te encontrabas bien.

–Ah... –dijo, atónita.

Él la miró con humor.

–Bueno, ¿no me vas a invitar a entrar?

–Sí, claro.

Riva se pasó una mano por el pelo y lo llevó al salón. Por suerte, se había tomado la molestia de ordenar la casa y no quedaba ningún juguete ni objeto infantil de ninguna clase que indicara la presencia de un niño.

Mientras su invitado echaba un vistazo a la sala, Riva tragó saliva e intentó mantener la compostura. Damiano era tan alto, tan fuerte y tan viril que parecía dominarlo todo con su presencia, empezando por ella misma. Se sentía tan atraída por él que lamentó no haber tenido tiempo de maquillarse.

–Estás un poco pálida. Aunque, por otra parte, siempre lo estás. Y tienes ojeras, como si estuvieras de fiesta todas las noches –comentó él–. Pero Olivia Redwood afirma que no te sientes bien.

–¿Y has venido a comprobarlo?

Justo entonces, Riva reparó en que había dejado entreabierta la puerta de la cocina, por donde se veía el tendedero plegable. Y entre la ropa que se estaba secando, se encontraba una de las coloridas colchas de la cama de Ben.

Si Damiano la veía, sabría que había un niño en la casa.

–¿Qué te pasa exactamente, Riva?

Ella supo que no se había creído la excusa de que estaba enferma, así que le dio la única respuesta que podía salvar la situación. Una respuesta que, en cierto modo, no andaba demasiado lejos de la verdad.

–Nada grave. Molestias de mujer...

Él la miró con desconfianza.

–¿Molestias de mujer? ¿O molestias por un hombre?

Riva no supo qué decir. Le había hecho creer que tenía un amante y ahora estaba atrapada en una ficción.

–¿Esa es la fuente de tus problemas, Riva? ¿Es el verdadero motivo por el que has faltado al trabajo?

Ella respiró hondo. Tenía que hacer algo para que Damiano se fuera antes de que Ben se despertara.

–Te he dicho la verdad. Hoy no me encuentro bien. No es culpa mía que no me creas –se defendió.

Riva cometió entonces el error de lanzar una mirada hacia el dormitorio del niño. Y Damiano, que siempre había sido un hombre observador, se dio cuenta y llegó a una conclusión equivocada.

–Ah, ya lo entiendo –dijo.

–No es lo que parece.

–¿Ah, no? ¿Qué está haciendo aquí, Riva? ¿Dormir plácidamente?

Riva no tuvo más opción que seguirle el juego.

–¡Pues sí! ¡Está durmiendo! –exclamó–. ¿Cómo te atreves a venir a mi casa y meterte en mi vida privada? ¿Quién te ha dado derecho? He sido sincera contigo, Damiano. No me encuentro bien, pero tú puedes creer lo que quieras. Y ahora, si no te importa, te agradecería que te fueras.

Damiano no se movió. Se quedó en el mismo sitio, con las piernas ligeramente separadas y los brazos cruzados sobre su ancho pecho.

Riva sintió un escalofrío.

Ben se despertaría en cualquier momento. Y cualquiera sabía lo que podía pasar si Damiano veía al niño.

—¿Por qué tienes tanta prisa en que me marche? ¿Es que no quieres que tu hombre me encuentre aquí?

Damiano la miró con cara de pocos amigos, como el día en que la amenazó con llamar a su jefa y conseguir que la echaran.

—¿Tengo que recordarte que tu empresa gana mucho dinero conmigo? Ten cuidado con lo que haces —siguió hablando—. Empezaba a creer que me había equivocado contigo, pero ahora veo que solo eres una mentirosa, la hija de un presidiario y de una cazafortunas... una estafadora que intenta aprovecharse de todo el mundo. Pero te conozco demasiado bien, *cara*. No me vas a engañar.

Para espanto de Riva, Damiano se giró y se dirigió directamente al dormitorio de Ben.

—¿Adónde vas? —preguntó, angustiada.

—A hablar con tu querido amante.

Riva lo siguió a toda prisa.

—¡No!

—¿Por qué no? ¿Tienes miedo de que te abandone cuando sepa que te acostaste conmigo hace años?

–Te lo ruego...

Riva se interpuso entre él y la puerta del dormitorio.

–¿Tanto lo quieres? –preguntó él.

Ella guardó silencio.

–Lo quieres y, sin embargo, te vuelves loca de pasión cuando te beso.

Damiano clavó la mirada en el escote del top de Riva. A pesar de estar tan nerviosa, ella sintió que se le endurecían los pezones.

–Ah, ya sé lo que ocurre. Me deseas, pero no puedes... ¿Es eso, *cara*? ¿Se trata de eso?

Entonces, le puso un dedo en la garganta y lo bajó lentamente hasta sus senos, deteniéndolo justo encima del corazón.

–¿Hasta dónde me permitirías llegar, *carissima*? ¿Qué me dejarías hacer mientras el hombre que se acuesta contigo duerme en la cama de ese dormitorio?

Ella cerró los ojos con fuerza, para no ver sus arrogantes rasgos latinos. E intentó no escuchar el sonido de su voz, de suave acento italiano. Pero no sirvió de mucho, porque notaba su aroma y el calor de su cuerpo.

Lo deseaba. Quería que la tomara entre sus brazos y que no le dejara más opción que entregarse. ¿Cómo era posible que le gustara tanto, después de lo que le había hecho? ¿Cómo era posible, si lo despreciaba?

Echó mano de las pocas fuerzas que tenía y, antes de abrir los ojos, dijo:

–Te he pedido que te vayas.

Sorprendentemente, él apartó el dedo de su pecho.

–Pensándolo bien, prefiero no destrozar las expectativas de tu amante, quien sin duda alguna es un pobre iluso –declaró con gravedad–. Sin embargo, espero que vuelvas a la casa de mi abuela en cuanto te sientas mejor.

Ella quiso decir algo en su defensa. Pero no tenía más defensa que la verdad, y no estaba preparada para llegar tan lejos.

Damiano se giró y dio un par de pasos hacia la salida. Por increíble que fuera, se iba a ir. Y, en ese momento, se oyó la voz de un niño.

La voz de Ben.

Damiano no llegó a salir de la casa. Al oír la voz, se dio la vuelta y miró a Riva como esperando una explicación. Pero Riva no se la dio. Se limitó a abrir la puerta del dormitorio, caminar hasta la cama del pequeño y agacharse a su lado.

–¿Qué pasa, cariño?

–Me quiero levantar.

Damiano, que la había seguido, se apoyó en el marco de la puerta. Riva ya no podía hacer nada. Había descubierto su secreto.

–En ese caso, levántate.

Ella lo tomó entre sus brazos y, tras envolver al niño con la colcha de la cama, se lo apoyó en la cadera y pasó por delante de Damiano.

–¿Por qué no me has dicho que tenías un hijo?

Riva lo miró a los ojos.

—¿Para qué? ¿Para darte más armas con las que hacerme daño?

Damiano observó al pequeño con detenimiento, y el niño le devolvió la mirada con curiosidad. Riva se preguntó si notaría el parecido, si sería capaz de sumar dos y dos. Por fortuna, el pelo de Ben era castaño en lugar de negro; y el color de su piel, más parecido al de ella.

—Necesito este trabajo, Damiano —dijo, intentando fingir normalidad—. Y no estaba segura de que se lo quisicras dar a una madre soltera.

Él frunció el ceño.

—Todo habría sido más fácil si hubieras sido sincera, Riva.

Damiano se giró entonces hacia el niño y le dedicó una sonrisa encantadora.

—¿Cómo te llamas, *piccolo*?

El niño se mordió un labio con timidez.

—Se llama Ben —respondió Riva.

En realidad, Ben no era el nombre del pequeño, sino su diminutivo. Se llamaba Benito, pero Riva no se lo podía decir porque, al ser un nombre mediterráneo y relativamente normal en Italia, Damiano habría adivinado la verdad.

—Ben, saluda al señor D'Amico.

El niño sonrió.

—Hola.

—Hola, Ben.

A Riva se le encogió el corazón. Era la primera vez que Ben estaba con su padre.

Durante una milésima de segundo, consideró la

posibilidad de decírselo. Pero no podía. Sencillamente, no podía.

–Tenías razón, Damiano, aunque no en el sentido
que te habías imaginado. No soy yo la que se en-
cuentra mal. Es Ben.

–¡Oh, Dios mío! –dijo él en tono de broma, mirando al pequeño–. Espero que no sea grave.

El niño hundió la cara en el pecho de su madre
y soltó una risita.

–Ah, vaya, no eres tan tímido como pareces.

Ben sacudió la cabeza, miró a Damiano y preguntó:

–¿Eres el nuevo amigo de mamá?

Riva se maldijo para sus adentros. Ahora, Damiano pensaría que cambiaba de amante como de
ropa interior. Y también pensaría otra cosa, lo mismo
que estaba pensando ella: que eran cualquier cosa
menos amigos.

–El señor D'Amico es el hombre para el que estoy trabajando –le explicó–. Voy a decorar una de
sus habitaciones.

En lugar de interesarse al respecto, Ben volvió a
mirar a Damiano y dijo, de forma tajante:

–Pues hoy, mamá se va a quedar en casa.

–Por supuesto que sí –dijo Damiano con humor–. Pero dime... ¿cuántos años tienes?

Riva intervino rápidamente y cruzó los dedos
para que su hijo no dijera la verdad.

–Tiene tres –mintió.

Por suerte, Damiano no parecía saber mucho de
niños, y no tenía aspecto de estar sorprendido. Ade-

más, Ben seguía envuelto en la colcha de la cama y parecía más pequeño de lo que realmente era.

—¿Dónde está su padre? —le preguntó.

Riva no contestó. Miró a Ben y dijo:

—¿Por qué no vuelves a tu habitación y ves un rato el DVD? Creo que hay uno puesto.

—De acuerdo, mamá.

Ella dejó a Ben en el suelo y el niño se fue tranquilamente a su habitación, con la colcha sobre los hombros.

—Te estaba preguntando por su padre —dijo entonces Damiano.

—Ah, sí. Me temo que lo nuestro no salió bien.

—Lo siento mucho.

Riva se encogió de hombros.

—No lo sientas. Ben y yo somos muy felices.

—¿Y quién era? ¿Otro de tus amantes ocasionales? ¿O un hombre que te importaba de verdad? —quiso saber él.

—¿Otro de mis amantes ocasionales? —replicó, herida en su orgullo—. ¿Como quién? ¿Como el tipo a quien te ibas a enfrentar hace un rato?

Él suspiró.

—Está bien. Admito que me he equivocado contigo.

—Desde luego que sí.

—Entonces, no estás saliendo con nadie.

—Eso no es asunto tuyo —declaró ella con brusquedad.

Damiano ladeó la cabeza.

—¿Y qué te pasó con su padre? ¿Estabas enamorada de él?

–Sí, fui tan estúpida que me enamoré.

–¿Qué te hizo? ¿Os abandonó?

Riva lo miró a los ojos.

–Ya que te interesa tanto, te diré que fui yo quien lo abandonó a él.

–¿Y dónde está ahora?

Ella no respondió. No podía. Porque estaba allí mismo.

Pero Damiano insistió en el interrogatorio.

–¿Ve al niño con frecuencia?

–No.

–¿Por decisión suya? ¿O tuya?

Riva se empezó a impacientar.

–¿A qué vienen tantas preguntas? No es asunto tuyo –repitió.

El niño salió en ese momento de la habitación, con una cajita en cuyo interior había un dinosaurio de juguete. Riva lo reconoció al instante, porque se lo había regalado el año anterior por su cumpleaños. Y se quedó atónita cuando se lo ofreció a Damiano.

–Es muy bonito. ¿Te gustan los dinosaurios, *piccolo*?

–Le encantan –intervino Riva, deseando que se fuera de una vez.

–¿Me lo puedes arreglar? –preguntó el pequeño.

–No, Ben. El señor D'Amico es un hombre muy ocupado. No tiene tiempo para arreglar juguetes –intervino su madre.

Damiano no hizo caso.

–¿Qué le pasa? –preguntó.

–Que las patas se le caen todo el tiempo.

–Creo que se ha perdido una pieza –dijo Riva–. Dudo que tenga arreglo.

–Bueno, le puedo echar un vistazo de todas formas.

Ella lo miró una vez más, desesperada.

–¿No tienes nada mejor que hacer?

–A decir verdad, no.

Riva apretó los dientes, pero no llegó a decir nada. Justo entonces, el niño vio el gato del vecino por la ventana y se dirigió a toda prisa hacia la puerta de la cocina, con intención de salir en su busca.

–¡No, Ben! –gritó su madre.

Riva corrió hacia el niño, pero Damiano lo alcanzó antes y lo tomó en brazos.

–Pero yo quiero salir –protestó Ben.

–No puedes salir al patio tal como estás –dijo su madre–. No llevas calzado. Anda, ve a ponerte unas zapatillas.

Damiano dejó en el suelo al niño, que regresó obedientemente a su habitación.

–Me pregunto de dónde habrá sacado esa manía de ir descalzo –dijo con humor–. Hay costumbres que no se pierden nunca. ¿Verdad, *cara*?

Riva se ruborizó un poco. Durante su estancia en Italia, iba descalza por todas partes. Y terminó por salirle caro: un día, mientras paseaba por los jardines con Chelsea y con Marcello, pisó una piedra afilada y se cortó en un pie. Damiano apareció en ese momento, la llevó a sentarse junto a un pozo y, tras hundir un pañuelo en el agua, le limpió la herida de un modo tan delicado como inquietantemente erótico.

Al recordar el episodio, Riva pensó que cualquier chica de su edad se habría encaprichado de él. Especialmente, porque fue entonces cuando la besó por primera vez. Y porque fue la primera vez que la besaban de ese modo, de forma abiertamente sexual.

—Parece que no has aprendido nada de tus errores —continuó Damiano, como si hubiera adivinado lo que estaba pensando.

—Pues te equivocas. He aprendido mucho, te lo aseguro. Fuiste un gran profesor.

—Y en más de un sentido.

El teléfono móvil de Damiano empezó a sonar. Mientras él hablaba en italiano con la persona que había llamado, Riva pensó en las cosas que sentía cuando se acostaba con ella y le susurraba palabras de amor.

Momentos después, él cortó la comunicación y dijo:

—Me tengo que ir. Despídeme de Ben. Y dile que le devolveré el dinosaurio en cuanto lo haya arreglado.

—No es necesario que te molestes.

Él sonrió.

—Por supuesto que lo es.

Riva no se dejó engañar. Sabía que estaba utilizando el juguete de Ben como excusa para poder volver a su casa.

—Ah, otra cosa, Riva...

—¿Sí?

—Espero que también hayas aprendido la lección de hoy.

—¿Y qué lección es esa?

—Que, en cuestión de relaciones, la sinceridad es mucho más recomendable que la mentira.

Damiano abrió la puerta de la casa y se fue.

Mientras conducía, Damiano se puso a pensar. Y no precisamente en su reunión de negocios, sino en Riva Singleman.

Se había equivocado con ella. Había pensado que su cansancio, sus prisas por marcharse de la Old Coach House y el hecho de que hubiera faltado aquella mañana al trabajo se debían a un amante apasionado que le robaba mucho tiempo. Pero no era un amante, sino un niño pequeño, su hijo.

¿Quién se lo habría imaginado? Por lo visto, estaba llena de sorpresas.

Pisó el acelerador, adelantó a un motorista que iba demasiado despacio y se volvió a preguntar por el padre del niño. Habría dado lo que fuera por saber algo de él. Riva le había dicho que se había enamorado y que había sido ella quien había roto la relación, pero sentía curiosidad de todas formas.

En cualquier caso, la mañana había resultado de lo más productiva. Ahora sabía que era madre soltera, lo cual implicaba una dedicación profesional y una capacidad de trabajo mucho mayor de lo que había supuesto hasta entonces. Riva no era rica como él. Si había conseguido estudiar, criar a su hijo y conseguir un puesto en Redwood Interiors al mismo tiempo, era porque se lo había ganado a pulso.

A Damiano le pareció admirable, y se sintió peor por haberla tratado tan mal.

Durante los minutos siguientes, intentó recordarse que se había visto obligado a intervenir para que su tío no acabara en manos de un par de estafadoras. Pero no sirvió de mucho. Y, para empeorar su estado de ánimo, se sintió completamente ridículo por haber tenido celos de un hombre que ni siquiera existía.

Cuando llegó al aparcamiento, detuvo el coche y soltó una carcajada. Al menos, había descubierto que su querida pelirroja no estaba saliendo con nadie. Solo tenía que abrirse camino hasta su cama y tomarla.

Capítulo 6

DOS días después, Riva ya había terminado el proyecto y conseguido un principio de acuerdo con varios decoradores, aunque aún faltaba el visto bueno de Damiano. Cuando Olivia lo supo, comentó:

–Tienes mucha suerte. Las cosas no salen siempre tan bien... sobre todo, con el primer encargo importante que te hacen.

Riva pensó que lo suyo no tenía nada que ver con la suerte. Había descubierto que, cuando mencionaba el apellido de Damiano, los problemas se solucionaban por sí mismos. Todo el mundo sabía que era un hombre poderoso y con influencia, así que todo el mundo quería trabajar para él.

Pero, en ese momento, estaba más preocupada por otra cosa. Se sentía culpable por no haberle dicho que tenía un hijo, y ni siquiera estaba segura del motivo. ¿Qué le asustaba tanto? ¿Que Damiano la rechazara de nuevo? ¿O que esa vez no la rechazaría solo a ella, sino también a Ben?

Por la forma en que se había comportado durante su visita a la casa, era evidente que le gustaban los niños. Pero ¿cómo reaccionaría si le confesaba que era hijo suyo? Riva tenía la sospecha de que no daría saltos de alegría, precisamente. Sobre todo, teniendo en cuenta que cinco años atrás le había mentido al decir que estaba tomando la píldora y había seguido con el embarazo sin consultárselo.

Sin embargo, era consciente de que su actitud era poco limpia, como mínimo. Y se sintió aún peor cuando se volvieron a ver. Damiano se empeñó en invitarla a comer, con la excusa de que quería hacer unos cambios en el proyecto de reforma. Pero hablaron de todo menos de negocios.

–¿Cuánto tiempo ha pasado desde la última vez que saliste con un hombre? –le preguntó en mitad de la comida.

Ella lo miró por encima de la ensalada de pollo que había pedido. Damiano estaba increíblemente guapo, y el elegante traje que llevaba no ocultaba su aire de depredador, de animal salvaje y peligroso.

–¿Por eso me has invitado a comer? ¿Para interesarte por mi vida privada?

–Ni mucho menos –contestó, categórico–. Solo lo preguntaba por curiosidad. Pero si te incomoda tanto...

–¿Incomodarme? No, en absoluto –mintió Riva.

Él soltó una carcajada.

–En ese caso, repetiré la pregunta. ¿Cuánto tiempo ha pasado?

Ella se encogió de hombros.

–Ni me acuerdo ni me importa –dijo–. No se puede decir que sea un asunto que me quite el sueño.

–¿Ha habido alguien importante en tu vida? Desde que te separaste del padre de Ben, quiero decir.

Ella se puso tensa, pero intentó responder con naturalidad.

—No, nadie.

Al ver la cara de satisfacción de Damiano, Riva pensó que quizá le divertía el fracaso de su vida amorosa. Pero no dijo nada más.

—¿Te ibas a casar con él?

—¿Con quién? ¿Con el padre de Ben?

—Sí.

—No.

—Pero tuvisteis un hijo.

—¿Y qué?

—Que casarse habría sido lo más responsable —observó él.

—Eso es opinable. No sé si estás informado, pero ya no vivimos en la Edad Media, Damiano. Las mujeres pueden tener hijos sin casarse. Pueden hacer lo que quieran.

—Ah, así que no te casaste porque no quisiste.

Ella lo miró con exasperación.

—¿Es que hay alguna ley que lo prohíba?

Damiano sacudió la cabeza.

—No, claro que no. Pero, además de no estar casada, tampoco estás viviendo con nadie. ¿Qué haces con Ben cuando te tienes que ausentar unos días?

—De momento, no me he ausentado nunca.

—Pero podría suceder. Tu trabajo es muy exigente. Supón que un cliente te pide que viajes a Nueva York o a París para redecorar una casa.

—¿Estás insinuando que mi hijo podría influir negativamente en mi vida laboral? ¿Que, llegado el caso, no encontraría la forma de compaginar mis obligaciones como madre con mis obligaciones profesionales?

—No, yo...

—Si tuviera que hacer un largo viaje —lo interrumpió ella—, me llevaría a Ben conmigo.

—¿Y si no te lo pudieras llevar?

—Entonces, optaría por rechazar el encargo del cliente para no dejarlo en la estacada. O, si fuera posible, dejaría a Ben al cuidado de Kate.

—¿Kate?

—Es la niñera de mi hijo. Una amiga mía.

Él alcanzó su copa de vino y bebió un poco antes de hablar.

—De modo que lo dejarías en manos de otra persona. Discúlpame, pero no me parece una forma adecuada de criar a un niño.

Riva sacudió la cabeza.

—Cómo se nota que eres rico y que no tienes dificultades para llegar a fin de mes. La vida no es un cuento de hadas, Damiano. Puede que te sorprenda, pero la mayoría nos tenemos que sacrificar mucho para salir adelante —declaró con vehemencia—. Lo hacemos lo mejor que podemos. Eso es todo.

Damiano se llevó una sorpresa al ver que los ojos de Riva se habían llenado de lágrimas, y se sintió tan mal que decidió dejar de presionarla. Sin embargo, se recordó que aquella mujer era la misma persona que lo había engañado cinco años atrás.

—Discúlpame, Riva. No pretendía ofenderte. Solo quería saber cómo te las arreglas para trabajar y cuidar de tu hijo al mismo tiempo.

Riva dejó el tenedor en el plato. Había perdido el apetito.

–Bueno, todo era más fácil antes de que mi madre falleciera –le confesó.

–Sí, ya lo supongo. Aunque no me parece que tu madre fuera una persona adecuada para cuidar de un niño.

Riva frunció el ceño.

–No te lo parece porque siempre tuviste prejuicios sobre ella. Pero te equivocas por completo. Mi madre era una mujer magnífica y muy responsable... por lo menos, cuando no estaba hundida en una de sus depresiones.

Damiano, que ya había terminado de comer, apartó su plato, apoyó los codos en la mesa y se inclinó hacia delante.

–¿Qué pasó, Riva?

Ella apartó la mirada y respiró hondo.

–Mi madre siempre tuvo tendencia a la depresión –dijo en voz baja–. Mejoró un poco cuando yo tuve a Ben... pero, al cabo de un tiempo, empezó a comer mal y se negaba a levantarse por las mañanas. Incluso se dio a la bebida.

–Debió de ser duro para ti.

–Sí, lo fue. Aunque he sido sincera al afirmar que era una mujer magnífica. Y una madre excelente, que siempre hizo lo mejor para mí. Sacrificó sus sueños profesionales y hasta su vida amorosa por estar conmigo y darme la educación que merecía –afirmó–. Sin embargo, era emocionalmente frágil. Y, cuando se enteró de que Marcello había fallecido, se rompió en pedazos. Estaba muy enamorada de él.

Ella le lanzó una mirada tan cargada de tristeza

que Damiano no lo pudo soportar. Se levantó de la silla, dejó unos cuantos billetes sobre la mesa y, tras tomarla de la mano, declaró:

—Salgamos de aquí.

Momentos después, subieron a su deportivo y se pusieron en marcha sin decir una sola palabra. Pero, antes de llegar a la autopista, él salió de la carretera y detuvo el vehículo en una zona de descanso.

Riva ni siquiera preguntó por qué.

Ya lo sabía. Estaba segura de que la iba a besar.

Damiano se giró hacia ella, le pasó los brazos alrededor del cuerpo y la besó, arrojándola a un mar de emociones a cual más intensa.

No supo qué la excitaba más, si las caricias de sus labios, el roce de su piel, el calor de su cuerpo o su aroma inmensamente masculino. Pero supo que era mucho mejor que el más tórrido de sus sueños eróticos. Y no se quería resistir. En parte, porque sabía que el sexo era el único terreno en el que podía vencer a Damiano D'Amico y, en parte, porque quería que la necesitara tanto como ella a él.

Al cabo de unos segundos, soltó un gemido y respondió a su beso con pasión, devorando su boca, explorándola con la lengua.

Él le acarició el cuello y, de repente, cerró la mano sobre uno de sus senos.

—Damiano...

Riva no fue realmente consciente de haber pronunciado su nombre. Lo deseaba demasiado para ser consciente de otra cosa que no fueran sus caricias. Y, cuando él le desabrochó la blusa y le apartó el sujetador, no hizo nada por impedirlo. Dejó que le succionara el pezón y se concentró en el inmenso placer que sentía.

Pero, justo entonces, vio un coche en la carretera.

—Damiano... —volvió a decir.

Él se rio.

—¿Qué me estás pidiendo? ¿Que siga adelante? ¿O que me pare?

Damiano no esperó a que respondiera. Le volvió a succionar el pezón, y ella cerró los ojos, encantada.

—Te odio —dijo Riva con un hilo de voz.

—Lo sé.

A Riva se le escapó un sonido gutural cuando él llevó una mano a su vientre y la dejó allí, presionándola con suavidad. Estaba excitada hasta tal punto que estuvo segura de que Damiano podía sentir el ansia palpitante que había despertado entre sus piernas.

Luego, la besó en la boca y, tras llevar sus hábiles dedos hasta su pubis, cerró la mano sobre él. La tela de los vaqueros y las braguitas se interponían en su contacto, pero ni eso ni el desconcierto de Riva, que no se podía creer lo que estaba sintiendo, impidió que la acercara cada vez más al clímax.

Incapaz de controlarse, Riva se empezó a frotar desesperadamente contra los dedos de Damiano. Y tuvo que hundir la cara en su cuello, para no gritar, cuando el orgasmo la alcanzó, dejándola profunda y completamente avergonzada.

Ni siquiera se atrevía a mirarlo a los ojos. Se apartó de él con timidez y se empezó a abrochar la blusa.

–Es una emoción extraña, ¿verdad? Me refiero al odio –dijo Damiano.

Riva lo miró entonces y vio que estaba tan perfecto e impasible como de costumbre, salvedad hecha de un leve rubor en sus mejillas. Incluso pensó que había preferido llevarla a una zona de descanso, en lugar de llevarla a la Old Coach House, porque el pequeño espacio del coche le permitía mantener el control de la situación. El control de sus propios sentimientos y, por supuesto, de ella.

Durante un segundo, lo despreció más de lo que se despreciaba a sí misma.

–Quiero ir a casa –acertó a decir.

Aquella noche, Damiano salió de una reunión de trabajo y se dirigió al aparcamiento. Había sido una tarde agotadora, y ardía en deseos de llegar al gimnasio y hacer un poco de ejercicio, para desfogarse. Pero su tensión no se debía tanto al trabajo como a lo que había sucedido horas antes entre Riva y él.

Era evidente que lo odiaba, y también lo era que estaba muy lejos de poder controlar lo que sentía. Damiano lo sabía de sobra porque se encontraba en la misma situación. No la quería desear, pero la deseaba. La encontraba tan bella como enigmática. Una mujer segura y decidida, capaz de criar un hijo sin ayuda de nadie, que paradójicamente seguía siendo tan inocente en algunos sentidos como en su juventud.

Además, sus afirmaciones habían despertado en él la sombra de una duda. La descripción que había hecho de Chelsea Singleman no encajaba en absoluto con la imagen de una vividora que había intentado estafar a Marcello. Pero eso lo incomodaba todavía más. Quizás había llegado el momento de dejarla ir. A fin de cuentas, eran de mundos muy diferentes y había demasiado rencor entre ellos.

Al subir al coche, vio el juguete que Ben le había dado. Lo había dejado en el asiento de atrás y había olvidado que estaba allí.

Alcanzó la cajita y se preguntó por qué se había prestado a arreglar el juguete. ¿Solo para tener la oportunidad de volver a casa de Riva? Fuera como fuera, la abrió y sacó el pequeño dinosaurio. Pero en la caja había otra cosa, que cayó al suelo del vehículo.

Parecía una tarjeta de felicitación.

Damiano sintió curiosidad y leyó lo que ponía. Un segundo después, se había quedado completamente inmóvil. Como si se le hubiera helado la sangre en las venas.

Solo eran las siete de la tarde, pero Ben ya estaba durmiendo. Riva lo dejó en su habitación, muy aliviada. Sus problemas de sueño habían desaparecido y, con un poco de suerte, las cosas volverían a la normalidad. Por lo menos, para el niño; porque ella no dejaba de pensar en lo que había pasado en el coche de Damiano.

Bajó al salón, vestida con una bata de color blanco, y se puso a ver un documental. Al cabo de unos minutos, llamaron al timbre. Riva pensó que sería alguno de sus vecinos y se levantó a abrir la puerta.

—¡Damiano!

No supo qué le sorprendió más, si su presencia en la casa o su aspecto. Tenía el pelo revuelto, como si se hubiera pasado las manos por el pelo, y parecía enfadado.

—¿Qué ocurre? —continuó.

Él entró en la casa y cerró la puerta.

—¿Cuándo pensabas decirme que Ben es hijo mío?

—¿Qué?

—¿Cuándo me lo pensabas decir? —insistió.

Riva se quedó boquiabierta, sin poder hablar, hasta que él le enseñó la tarjeta de felicitación que había encontrado en la cajita del juguete.

—Oh, Dios mío...

—Feliz cumpleaños, Benito. Eso es lo que dice. Y hasta escribiste los años que cumplía... Cuatro —dijo él.

Riva miró la tarjeta con horror.

—Es hijo mío, ¿no? Dime la verdad. Sé sincera por una vez en tu vida —bramó—. ¡Dímelo de una vez!

—Sí, lo es.

—¿Y por qué no me lo habías dicho?

—Yo...

—¡Incluso mentiste sobre su edad! ¡Me hiciste creer que era hijo de otro!

—Tenía mis motivos —se defendió ella.

—¿Tus motivos? ¿Qué motivos, Riva? ¡Te quedaste embarazada de mí y me has ocultado durante casi cinco años la existencia de Ben!

–¡Deja de gritar! –protestó ella–. Si sigues hablando en voz tan alta, te va a oír.

Él respiró hondo.

–¡Me da igual quién me oiga, Riva! Necesito respuestas y las necesito ahora. Ni siquiera sé cómo es posible que te quedaras embarazada. Me dijiste que estabas tomando la píldora –le recordó.

–Pero no la estaba tomando –dijo Riva con amargura.

Damiano frunció el ceño.

–Así que también me mentiste en eso. Mentiste como habías mentido en todo lo demás, desde tu padre a tu falsa imagen de mujer de mundo.

–¡Sí, mentí! –declaró con desesperación–. Fue un error, un inmenso error, pero no sabía qué hacer. ¿Tú no te has avergonzado nunca de nada?

–¿Y cómo justificas lo que pasó después? Porque eso no tiene nada que ver con el hecho de que me hayas ocultado la existencia del niño. ¿Cuándo pensabas decirme que soy su padre? ¿O es que no pensabas decírmelo?

–Yo...

–¡Quiero una respuesta!

–Sí, por supuesto que te lo habría dicho... en algún momento.

–¿Cuándo, exactamente? ¿Cuando ya me hubieras robado la posibilidad de disfrutar de su infancia?

–No...

–¿Y cómo es posible que le hayas puesto un nombre italiano? Creía que me odiabas y que odiabas todo lo que te recuerda a mí.

Ella sacudió la cabeza.

–Sería muy mala madre si permitiera que los sentimientos que albergo hacia ti dañaran los intereses de mi hijo –respondió con gravedad–. Que mi familia no fuera suficientemente buena para la tuya no cambia el hecho de que Ben lleva sangre de los D'Amico en las venas. Pienses lo que pienses de mí, quiero que sea consciente de sus raíces italianas y que se sienta orgulloso de ellas. Aunque su propio padre lo rechace.

–¿Crees que yo rechazaría a mi hijo? –preguntó Damiano con asombro.

–Francamente, no me extrañaría.

–Pues estás muy equivocada. No abandonaré a Ben. Te guste o no, quiero formar parte de su vida. Quiero conocerlo y darle la oportunidad de que me conozca a mí.

Riva guardó silencio.

–Sé que ahora está dormido –continuó él–, así que será mejor que no le molestemos. Pero mañana, tanto si te gusta como si no, quiero que le digas la verdad. Quiero que sepa que Damiano D'Amico es su padre.

Fue un día frío y ventoso; tan frío y ventoso que el parque estaba sorprendentemente vacío para ser sábado. Y el único niño que estaba jugando en la zona de los columpios era Ben.

–¡Mira, mamá! ¡El señor Damiano!

A Riva se le encogió el corazón cuando vio al hombre alto, de camisa azul marino y pantalones vaqueros, que se acercaba. Especialmente, porque

Ben salió corriendo hacia él como si lo conociera de toda la vida.

Damiano saludó al pequeño con una sonrisa y miró a su madre con una expresión menos cálida antes de decir:

—Vaya, has venido.

—Por supuesto que sí. ¿Qué pensabas?

Él se encogió de hombros.

—No lo sé. Contigo, nunca se sabe —respondió—. Pero creo recordar que tenías algo que decirnos.

Riva respiró hondo. Había llegado el momento de la verdad. Y como no había una forma fácil de decirlo, miró al pequeño y lo dijo directamente, sin andarse por las ramas.

—Benito, el señor Damiano es tu padre.

—¿En serio? —preguntó Ben—. ¿Eres mi padre?

—Sí, lo soy.

Ben miró a su madre con entusiasmo.

—¿Eso quiere decir que va a vivir con nosotros, mamá? El padre de Simon, uno de mis amigos...

Riva sacudió la cabeza.

—No, Ben, no va a vivir con nosotros.

Damiano le devolvió entonces la cajita con el dinosaurio de plástico.

—Creo que esto es tuyo, Benito. ¿Por qué no vas a jugar un rato con él? Así podrás comprobar si funciona bien.

—¡Mi dinosaurio! —exclamó el niño—. ¡Has arreglado mi dinosaurio!

Damiano sonrió de oreja a oreja.

—Bueno, los padres están para eso, ¿no?

—¡Mira, mamá! ¡Ha arreglado el dinosaurio!

–Sí, cariño, ya lo veo. Muchas gracias, Damiano.

El niño se marchó a jugar; y, cuando ya estaba a una distancia prudencial, Damiano miró a Riva y dijo, muy serio.

–Será mejor que te acostumbres a mi presencia. Como te dije anoche, quiero estar cerca de Ben. Tendrás que admitir unos cuantos cambios en tu vida. Y tendrás que admitirlos a partir de ahora.

Riva frunció el ceño.

–¿De qué estás hablando?

–De que quiero que Ben y tú viváis conmigo.

–¿Contigo?

–Sí, en mi casa.

Riva se estremeció.

–¡Eso no es posible!

–¿Por qué no?

Ella tardó unos segundos en responder, porque no se le ocurría ningún motivo de peso que lo impidiera.

–Para empezar, porque estoy haciendo un trabajo para tu abuela.

–¡Al infierno con el trabajo!

–¿Cómo? ¿Pretendes que lo deje, después de todo el tiempo y el esfuerzo que le he dedicado? –preguntó.

–Si supone un obstáculo, sí –contestó él–. Puede que te disguste, pero no puedes negar que las cosas han cambiado considerablemente.

Riva supo que se refería a Ben. Sin embargo, pensó que también existía la posibilidad de que se refiriera a ellos, a la extraña relación que mantenían. Al fin y al cabo, sabía que lo deseaba. Siempre lo había sabido. Por eso le había ofrecido el trabajo.

De repente, se le ocurrió que todo había sido un plan de Damiano. Pero ¿con qué intención? ¿Solo para vengarse de ella? ¿Solo para seducirla otra vez y humillarla?

A Riva le pareció difícil de creer, aunque explicaba muchas cosas. Por ejemplo, que el primer día se hubiera mostrado tan indiferente a sus ideas, como si el proyecto de renovación de la sala le importara poco. Y que, desde entonces, no hubiera dejado de plantear cambios que la obligaban a volver a la Old Coach House.

—¿Estás seguro de que quieres que decore esa sala? ¿O solo me ofreciste un empleo para tenerme cerca y reírte de mí?

—Si fuera cierto que solo te lo ofrecí para tenerte cerca y reírme de ti, me habría limitado a darte lo que te merecías —respondió con toda tranquilidad—. Pero me alegro de que aceptaras el empleo. De lo contrario, no habría descubierto la existencia de Ben. Si no te hubieras visto obligada a estar bajo mi techo, nunca habría sabido la verdad.

—¿Bajo tu techo? ¿O bajo tu control? —dijo ella, desafiante.

Damiano suspiró.

—Deja de luchar conmigo, Riva. Como decía, la situación ha cambiado mucho. No nos podemos pelear delante de nuestro hijo.

Riva sabía que tenía razón, pero no se podía refrenar. También sabía que Damiano no había hecho otra cosa que satisfacer su ego desde el día en que ella se presentó en la Old Coach House.

—Además, ¿qué significa eso de «tu techo»? Tengo

entendido que no es tu casa, sino la de tu abuela. Aunque empiezo a creer que no tienes ninguna abuela... ni mucho menos, francesa –declaró.

Damiano no se molestó en sacarla de dudas.

–Por Dios, Riva.. ¡Compórtate! Tenemos un hijo. Eso es lo único importante.

Riva se ruborizó a su pesar, pero dijo:

–Por supuesto que es lo único importante. Lo ha sido desde que nació, y no necesito que me lo recuerdes. Sin embargo, eso no cambia el hecho de que yo trabajo para Redwood Interiors, no para ti. Puede que seas uno de los clientes más importantes de la empresa, pero te aseguro que no eres mi único cliente. Olivia no va a permitir que abandone el trabajo solo para que tú me puedas llevar a Italia.

–En lo tocante a mí, das demasiadas cosas por sentado. Y te equivocas, *cara*.

Riva no supo lo que había querido decir, pero tampoco le importó.

–No tienes derecho a ser tan posesivo con Ben y conmigo. Nos ha ido muy bien hasta ahora. Sin ayuda de nadie.

Él arqueó una ceja.

–¿Y de quién es la culpa, Riva? No tuviste ayuda porque no quisiste.

Riva se mordió el labio inferior, sin saber qué decir.

–Lo siento, pero os vendréis conmigo a mi casa. Me lo debes. Y, si yo no te importo, se lo debes a Ben.

Ella se maldijo para sus adentros por no haber adivinado que, siendo un hombre que daba tanta importancia a la familia, se empeñaría en que vivieran juntos. Al fin y al cabo, había destrozado su vida y la de Chelsea por la misma razón. La familia lo era todo para él.

Y, por mucho que le molestara, estaba en lo cierto. Se lo debía a Ben. Se lo debía a los dos. Debía darles la oportunidad de que se conocieran.

–¿Tienes pasaporte?

Riva asintió.

–Sí.

–Excelente –dijo Damiano, lanzando una mirada al niño–. En ese caso, nos iremos antes de que acabe la semana.

Capítulo 7

L A ARENA, que se extendía suavemente hacia un mar de color turquesa, estaba cálida bajo los pies de Riva.

Cuando Damiano dijo que los iba a llevar a su casa, ella dio por sentado que se refería a Italia. Por eso lo había rechazado con tanto ahínco. Italia era Chelsea, Marcello, un montón de recuerdos tan agridulces como dolorosos. No se le había ocurrido que un hombre como él tendría casas en todo el planeta.

Aquel paraíso de bosques tropicales, con una mansión blanca y una pequeña cala solo para ellos, no estaba en Italia, sino en un territorio perfectamente neutral. Damiano los había llevado a las islas Seychelles. Había tomado la decisión de romper el hielo con Ben en un lugar agradable y sin fantasmas del pasado.

Ya llevaban tres días en la isla. Ben estaba jugando en el jardín con su nuevo amigo, el nieto de Françoise y André, la pareja que cuidaba de la casa de Damiano. Como los dos niños eran más o menos de la misma edad, se llevaban muy bien. Y Riva tenía tiempo de sobra para disfrutar del lugar, aunque seguía preocupada por su trabajo.

Antes de emprender viaje, se había reunido con

Olivia Redwood y le había dicho que necesitaba unas cortas vacaciones. Naturalmente, Olivia quiso saber por qué, así que le dijo la verdad, aunque sin entrar en explicaciones de ninguna clase.

–Ha surgido un problema que tengo que resolver.

–¿Un problema? ¿De qué se trata?

–Del padre de Ben.

Olivia no pareció precisamente contenta. Pero reaccionó con tranquilidad cuando le dijo que tendría que abandonar el proyecto de Damiano. Por lo visto, él ya había hablado con ella y le había informado de la situación, aunque Riva no supo hasta qué punto.

–Está bien. Si te tienes que ir, vete.

Riva salió de la playa y se dirigió hacia una de las tumbonas, donde se sentó. Acababa de cerrar los ojos cuando oyó una voz.

–¿Soñando con el paraíso?

Riva abrió los ojos al instante. Era Damiano. Llevaba unos pantalones de lino y una camisa que no se había molestado en abrochase.

–¿Por qué soñar con el paraíso cuando lo tienes al alcance de la mano? –respondió ella con ironía.

Él sonrió.

–No me digas que no es mejor que estar en el trabajo, dibujando bocetos o contestando llamadas de clientes que se quejan por cualquier cosa.

Damiano se sentó en la tumbona contigua, tan cerca que Riva se estremeció. La persona que las había puesto así debía de haber pensado que el ilustre señor D'Amico y la joven que lo acompañaba querían estar tan pegados como fuera posible.

—O de gente que te hace perder el tiempo con encargos que no les interesan —replicó Riva, tan irónica como antes.

Él sacó las gafas de sol que llevaba en el bolsillo de la camisa y se las puso.

—Bueno, no te lo tomes a mal. Al menos, sirvió para que practicaras tus habilidades profesionales... Y estoy seguro de que tu experiencia conmigo te ha obligado a ejercitar unos cuantos músculos.

Riva estuvo a punto de decir que no necesitaba estar con él para practicar nada, pero se lo calló porque Damiano tenía respuesta para todo. Y porque todas las respuestas que tenía le resultaban extrañamente eróticas.

—Yo no creo que haya sido una pérdida de tiempo —prosiguió él—. Para mí, ha sido una experiencia fascinante.

—¿En serio? Vaya, me alegro de haberte fascinado. Pero, si ya te has divertido conmigo, ¿por qué no me dejas en paz de una vez?

Él soltó una carcajada.

—Ah... Siempre a la defensiva.

Riva perdió la paciencia.

—Es lógico que lo esté. Tú destruyes a la gente.

Damiano la miró con desconcierto.

—¿Que yo destruyo a la gente? ¿Crees que eso es lo que he hecho contigo? ¿Destruirte? —quiso saber.

—No, tú no me puedes destruir. Soy mucho más fuerte de lo que piensas.

En realidad, Riva se sentía enormemente vulnerable. Y como no quería que Damiano se diera cuenta, apartó la mirada y la clavó en la mansión.

Era un lugar precioso, de techos altos y porche abierto a la naturaleza que lo circundaba. Por lo que sabía, la madre de Damiano había crecido allí.

—¿Dónde está Ben? ¿Dentro?

—Sí –contestó él.

Al ver que Riva seguía mirando la casa, preguntó:

—¿Qué haces? ¿Redecorarla en tu imaginación?

Su respuesta fue absolutamente hostil.

—Si crees que estoy dispuesta a perder el tiempo otra vez, estás muy equivocado. Procuro no tropezar dos veces en la misma piedra, *signore* D'Amico.

Él volvió a sonreír.

—No me hables de un modo tan formal, Riva –dijo con humor–. Seguro que no lo pretendes, pero resultas aún más deseable.

Riva hizo caso omiso.

—No te perdonaré que me tomaras el pelo con ese trabajo. Me lo había tomado muy en serio. Tenía muchas ideas para la Old Coach House. Aunque a ti no te importe, estaba entusiasmada con ella.

Damiano se giró hacia ella.

—Siempre me interesa lo que te entusiasma, Riva.

Él alzó un brazo y le acarició el labio inferior con el pulgar.

—Sí, bueno... –dijo, estremecida–. Supongo que para ti era una especie de juego.

Él sacudió la cabeza.

—No, en absoluto.

Riva guardó silencio.

—¿Qué estás pensando? –preguntó él.

—¿Por qué lo quieres saber? ¿Para divertirte un poco más a mi costa?

—Si quisiera divertirme contigo, no elegiría una conversación.

Ella tragó saliva, absolutamente consciente de lo que quería decir. Como Damiano se había puesto las gafas de sol, no le podía ver los ojos; pero sabía que estaba devorando su cuerpo con la mirada, como si pudiera atravesar el sarong que se había puesto.

El ambiente estaba tan cargado de sensualidad que Riva asintió y se puso a hablar de sus ideas sin más intención que la de relajar la tensión que había entre ellos. Le habló de los elementos decorativos que había imaginado para el interior de la casa y de la fuente de estilo clásico que habría puesto en el exterior, sobre un mosaico.

Él escuchó sin decir nada. Hasta que terminó de hablar.

—Se nota que te gusta mucho tu trabajo —comentó entonces—. Te brillan los ojos cuando hablas de él.

Riva se quedó sorprendida. Era la primera vez que le decían eso.

—¿En serio?

—Sí.

—Bueno, supongo que a todos nos pasa lo mismo con las cosas que nos interesan de verdad. Seguro que a ti también te ocurre.

—Por supuesto. Si no me entusiasmara mi trabajo, no habría llegado a ocupar la posición que ocupo —dijo él.

—No, claro que no. Disculpa, ha sido un comentario estúpido.

—Ni mucho menos. La mayoría de la gente se ve obligada a ganarse la vida con trabajos que les disgustan. Yo tengo la suerte de hacer lo que quiero, y procuro poner el corazón en todo lo que hago.

–Pero, en tu caso, no es lo mismo.

–¿Por qué lo dices?

–Porque tu familia era rica. No tuviste que abrirte camino a partir de la nada.

–¿Como tú?

Riva guardó silencio.

–Tienes razón, Riva –continuó él, para sorpresa de ella–. No sé lo que significa ser pobre, pero eso no quiere decir que lo haya tenido fácil en mi profesión. Además de recompensas, mi trabajo también tiene sus riesgos.

Ella lo miró con interés.

–¿Cómo fue tu infancia, Damiano?

No era la primera vez que Riva le hacía esa pregunta. Se la había hecho cinco años antes, pero entonces estaba tan cegada por lo que sentía hacia él que no le había prestado demasiada atención. En cambio, recordaba detalles menos trascendentales. Por ejemplo, que había estudiado en una universidad inglesa, que le encantaba el jazz y que le gustaba el café cortado, con muy poca leche.

–Bueno, me crié con niñeras, aunque mis padres siempre estaban cerca de mí. En ese sentido, también fui un privilegiado. Pero, tras la muerte de mi madre, mi padre se hundió en la desesperación y se empezó a exceder. Trabajaba como un poseso y se divertía de la misma forma. Quizás recuerdes que se mató en una lancha motora, cuando chocó contra unas rocas mientras se preparaba para una carrera en la que iba a participar.

–Lo siento mucho –susurró ella.

–Estaba tan agotado por el trabajo y tan deprimido por la muerte de mi madre que ya no prestaba atención a lo que hacía. Pero fue hace mucho tiempo.

–¿Cuántos años tenías cuando se mató?

–Diez –respondió él–. Me fui a vivir con Marcello y con su esposa, que no tenían descendencia y me trataron como si fuera hijo suyo. A veces me enviaban a las Seychelles, a pasar cortas temporadas con mis abuelos por parte de madre, que vivían aquí. A ellos les habría encantado que me quedara en la isla, pero se decidió que viviera en Italia porque Italia es la sede de los negocios de los D'Amico.

–Comprendo.

–Mi tía falleció poco después de que yo terminara la carrera, así que abandoné los pocos planes que tenía y me mudé a casa de Marcello, para estar con él. Luego, me puse a trabajar. Fue difícil al principio, pero aprendí deprisa.

–Y el resto es historia.

Damiano asintió.

–Sí, una historia que conoces de sobra. ¿Qué te parece entonces si entramos en la casa y nos adecentamos un poco? Además, tengo una sorpresa para ti.

–¿Una sorpresa?

Riva lo miró con curiosidad, pero Damiano no dijo nada. Así que se levantó, alcanzó la toalla y el libro que llevaba consigo y lo siguió adentro.

Como Ben estaba viendo la televisión con Françoise, decidió subir a su dormitorio para ducharse y cambiarse de ropa. Cuando volvió al salón, descubrió que la sorpresa de Damiano no era un objeto, sino una visita. Junto a una de las ventanas, sentada en un sillón, estaba una anciana de cabello oscuro y expresión agradable, que parecía haber sido extraordinariamente guapa en otro tiempo.

Damiano, que se había acomodado enfrente de la anciana, se levantó. Se había puesto unos pantalones oscuros y una camisa de manga larga, de color crema.

—*Grandmère*... —empezó a decir.

Riva no sabía francés, así que no entendió lo que dijo. Pero no necesitaba entenderlo para llegar a la conclusión de que aquella mujer era la abuela de Damiano.

Por lo visto, existía de verdad.

—Acércate, por favor. Te quiero presentar a mi abuela, Eloise Duval.

Riva se acercó y saludó a la anciana, que sonrió con elegancia y un brillo de picardía en sus ojos, sorprendentemente vivaces.

—Encantada de conocerla.

—Lo mismo digo. Aunque pareces sorprendida de verme aquí, *ma chère* —observó con ironía—. Bueno, no puedo decir que me extrañe. A decir verdad, hay días en que yo misma me sorprendo de seguir aquí.

Riva soltó una risita, encantada con el sentido del humor de la mujer. Tenía la impresión de que Eloise le iba a gustar.

Justo entonces, apareció una doncella con el té. Damiano aprovechó la oportunidad para inclinarse sobre Riva y decirle en voz baja:

—Te agradecería que no dijeras nada de la Old Coach House.

—¿Por qué? —preguntó ella en el mismo tono—. ¿Tienes miedo de que descubra que usas su casa para atraer a las mujeres que quieres seducir?

—A las mujeres, no. Solo a una mujer en concreto —respondió con una sonrisa—. Y conoce mis intenciones desde el principio.

La doncella salió de la habitación en ese momento.

—¿Dónde está mi bisnieto? —preguntó Eloise, lanzando una mirada a Riva—. Porque Ben es mi bisnieto, ¿verdad?

Riva se quedó tan sorprendida que solo acertó a decir:

—¿Su bisnieto? Bueno... sí, claro.

—Parece que tienes alguna duda al respecto, jovencita. Francamente, no esperaba que fueras tan tímida en ese sentido. Hoy en día, es normal que una mujer tenga hijos sin estar casada —comentó la anciana—. Aunque me desconcierta un poco que Damiano no me hubiera hablado nunca de ti.

Antes de que Riva o Damiano pudieran hablar, Eloise añadió:

—Bueno, eso carece de importancia. Pero ¿qué vais a hacer ahora? Doy por sentado que normalizaréis vuestra relación.

—¿Normalizar nuestra relación? —repitió Riva, que estaba tan nerviosa como una colegiala.

—No sabemos lo que vamos a hacer, *grandmère* —intervino Damiano—. Todavía no hemos hecho planes.

Por suerte, Eloise decidió no presionarlos y se limitó a pedirles que se sentaran con ella a tomar el té y las pastas que les habían servido. Riva se sintió enormemente aliviada, porque sabía que su referencia a la normalización de la relación solo podía significar una cosa: que los quería ver casados. Sin embargo, eso era del todo imposible. En primer lugar, porque los hombres como Damiano no se casaban con mujeres como ella y, en segundo, porque ella no se quería casar con él.

Pero, si era verdad que no se quería casar con él, ¿por qué se sentía tan repentinamente deprimida? Nadie la podía obligar a contraer matrimonio. ¿No sería que, en el fondo, lo estaba deseando?

Tras una conversación tan agradable como alejada de asuntos problemáticos, Eloise se levantó del sillón y dijo:

—Si no os importa, creo que me voy a retirar a mi dormitorio.

Damiano se levantó, le dio un beso en la mejilla y dijo:

—Claro que no nos importa.

La anciana se giró entonces hacia Riva.

—Son cosas de la edad, *ma chère*. Este viejo cuerpo necesita descansar con mucha frecuencia. Además, he ido a pasar unos días con unos amigos que viven en una isla vecina, y me temo que el vuelo me ha dejado agotada.

Riva sonrió.

—Descuide. Lo entiendo perfectamente.

Eloise dijo algo en francés a su nieto, que la acompañó a la salida y cerró la puerta.

–Tu abuela me ha caído muy bien.

–Sabía que te gustaría.

–Gracias, Damiano.

Él la miró con sorpresa.

–¿Gracias? ¿Por qué? ¿Por no haberle dicho que la madre de mi hijo mantuvo su existencia en secreto durante casi cinco años?

Riva sacudió la cabeza.

–No. Por haberme dicho la verdad.

–No te entiendo.

–Me refiero a tu abuela. Llegué a pensar que era un personaje inventado, un truco para atraerme a la Old Coach House.

–Dios mío... ¿Me crees capaz de hacer algo tan despreciable?

Ella no dijo nada. No pudo.

–Yo no te he mentido nunca, Riva. Puede que te haya hecho otras cosas, pero no te he mentido jamás.

Damiano le dedicó una mirada cargada de tristeza, que por algún motivo la emocionó. Riva tragó saliva e intentó mantener la compostura, pero se dio cuenta de que estaba al borde de las lágrimas y decidió poner tierra de por medio.

–Será mejor que me vaya –dijo en un susurro–. Yo también estoy cansada.

Él guardó silencio y la dejó ir.

Un par de días más tarde, Damiano sugirió que salieran a dar un paseo y a comer con el niño. A Riva se le hizo bastante extraño. Era la primera vez que salía con él y con Ben, aunque el pequeño se comportó como si fuera lo más normal del mundo.

A Riva le preocupó un poco que se llevara tan bien con Damiano. ¿Qué pasaría cuando se separaran? En algún momento, tendría que volver a Gran Bretaña y a su trabajo, si era que aún tenía un empleo cuando volviera. ¿Cómo se sentiría Ben cuando su padre no estuviera todo el día a su lado?

Sin embargo, tenía otro motivo de preocupación. También cabía la posibilidad de que Damiano se empeñara en que vivieran juntos o, peor aún, de que le quisiera quitar la custodia del niño. Siendo la madre, la mayoría de los tribunales habrían fallado a su favor. Pero Damiano era un hombre muy poderoso, con mucho dinero y con muchas influencias.

—¡Mira, mamá! ¡Mira qué arañas!

La voz de Ben la sacó de sus pensamientos. Riva alzó la mirada y soltó un grito ahogado al ver las telarañas que colgaban del cableado de la compañía telefónica.

—Dios mío... ¡Son enormes! —exclamó, asustada.

Sin darse cuenta, se aferró al brazo de Damiano, que sonrió.

—No te preocupes, son tan grandes como inofensivas. Y tienen tanto derecho a estar aquí como nosotros. Incluso más, teniendo en cuenta que estas islas son su hogar.

—Por mí, que se queden con todas las Seychelles. Con tal de que se queden ahí y no se metan en nuestra casa.

Él soltó una carcajada.

—¿A ti también te dan miedo las arañas, Benito? —preguntó Damiano.

El niño sacudió la cabeza y dijo, orgulloso:

–Claro que no.

Damiano sonrió de oreja a oreja.

–¿Lo ves? A él no le asustan.

–Será una cosa de hombres, porque a mí me dan pánico.

Riva los miró a los dos. No había pasado ni una semana desde que llegaron a la isla, pero cualquiera habría dicho que se conocían desde siempre. Y se sentía tan encantada como amenazada por ello.

Al cabo de un rato, se dirigieron a un restaurante de la zona, donde comieron. El niño insistió en sentarse al lado de su padre y, cuando ya estaban en los postres, Damiano declaró:

–Cuando salgamos de aquí, iremos a ver algo muy especial. Se lo he prometido a Ben.

Riva lanzó una mirada al niño, que se estaba comiendo un helado gigantesco, y se giró nuevamente hacia Damiano.

–¿Tú te llevabas tan bien con tu padre? –le preguntó.

Sus ojos se ensombrecieron durante un par de segundos. Era evidente que lo echaba mucho de menos.

–¿Con mi padre? Sí, me llevaba muy bien.

Riva hundió la cucharilla en el helado de chocolate que había pedido y dijo:

–Tuviste suerte.

–Desde luego.

Riva se llevó la cucharilla a la boca y cerró los ojos para disfrutar más del sabor.

–¿Y tú? –preguntó Damiano–. Creo recordar que...

–No –lo interrumpió ella–. De niña, no lo veía porque siempre estaba en la cárcel. Y, cuando no estaba en la cárcel, solo pasaba de visita para pedirnos dinero.

–Debió de ser muy duro.

Ella se encogió de hombros.

–Para mi madre, sí. Pero para mí... No lo llegué a conocer de verdad. Se podría decir que solo echo de menos lo que no tuve, lo que todos mis amigos tenían, lo que tú mismo tuviste con tu padre. Pero me duele que nos abandonara, y que terminara en la cárcel por estafar a buenas personas.

Riva respiró hondo y siguió hablando.

–Nunca hablábamos de él. Si alguien preguntaba, le decíamos que mi padre era oficial de la Marina y que pasaba mucho tiempo de viaje. Pero la gente se terminó por enterar y nos dieron la espalda a las dos. De repente, ya no querían estar con nosotras. No éramos suficientemente buenas para ellos. Y yo me sentí tan avergonzada...

Ella bajó la cabeza, incapaz de mirarlo a los ojos.

–¿Y cómo te sientes ahora?

–¿Ahora? Bueno, asumí que mi padre era como era. Al fin y al cabo, nadie es perfecto –contestó–. Además, supongo que debía de tener sus virtudes, de lo contrario, mi madre no se hubiera enamorado de él. No era mujer que ofreciera su amor a cualquiera. Y lo amaba con toda su alma.

Riva estuvo a punto de añadir que lo había amado tanto como a Marcello, pero no lo dijo. Aunque, por otra parte, tampoco fue necesario. Estaba en sus ojos cuando volvió a mirar a Damiano. Estaba con todo su rencor, todo su dolor y toda la necesidad de que el hombre que le había arruinado la vida a su madre pidiera disculpas por lo que había hecho.

–¡No, Benito!

La exclamación de Damiano la sacó de sus pensamientos. El niño había estado a punto de lanzar al aire su helado para ver hasta dónde llegaba. Pero, sorprendentemente, se había abstenido ante la tajante intervención de su padre.

–Creo que está superando su umbral de aburrimiento –dijo ella.

–En ese caso, será mejor que cambiemos de sitio... ¿no te parece, *piccolo*?

Damiano le guiñó un ojo a Riva, que sabía adónde lo quería llevar. Pero, a pesar de ello, se mostró tan entusiasmada como Ben cuando salieron del restaurante y se dirigieron a un palmeral que estaba lleno de tortugas gigantes.

Al ver que una niña pequeña se había subido a una de las tortugas, Ben quiso hacer lo mismo con otra. Pero Damiano se lo impidió.

–Estas tortugas son tan grandes porque son muy viejas –le explicó–. Es importante que les mostremos respeto. Además, están al borde de la extinción.

–¿De la extinción?

–Sí, eso me temo. Capturaban tantas que estuvieron a punto de desaparecer. Pero las autoridades intervinieron al final y establecieron un programa de conservación –dijo Damiano–. Ahora pueden andar libremente por las islas sin que nadie les haga nada... Por cierto, ¿sabes que pueden vivir hasta ciento cincuenta años?

–¿Ciento cincuenta años? –preguntó el niño con asombro–. ¡Son más de los que tenéis mamá y tú juntos!

Los dos adultos se rieron, y Riva pensó que Damiano estaba particularmente guapo cuando se reía. Las arrugas que se formaban junto a sus ojos suavizaban las nobles líneas de su rostro. Y las canas de sus sienes, que brillaban bajo el sol, le daban un aire aún más refinado.

–¿Por qué tienen conchas?

–Para vivir en ellas, Ben. Son su hogar –respondió Damiano–. Se esconden dentro cuando se sienten amenazadas.

–¿Por quién? ¿Por los monstruos?

Su padre sonrió.

–No, Benito. Los monstruos no existen.

El niño miró a Riva y luego volvió a mirar a Damiano.

–¿Y por qué no hacemos lo mismo que las tortugas? ¿Por qué no llevamos nuestra casa con nosotros?

Riva volvió a reírse.

Damiano se puso en cuclillas, sonrió al pequeño y contestó:

–Por supuesto que la llevamos con nosotros. Está con nosotros todo el tiempo, aunque no se puede ver.

Ben frunció el ceño.

–¿Por qué no?

–Porque está aquí, Benito.

Damiano le puso un dedo justo encima del corazón.

Riva se emocionó sin poder evitarlo. Era consciente de que a ella nunca se le habría ocurrido una contestación tan sencilla y tan profunda al mismo tiempo.

Empezaba a entender hasta qué punto le importaban la familia y las relaciones familiares. Y, justo entonces, cayó en la cuenta de que se había enamorado por segunda vez de Damiano D'Amico.

A pesar de todo lo sucedido, estaba perdidamente enamorada. Completamente loca por él. Y no podía hacer nada al respecto.

Capítulo 8

TEN cuidado con esa piel que tienes, *cara*. Siendo tan pálida, te vas a quemar.

Riva giró la cabeza para mirar al recién llegado. Estaba tumbada en un lateral de la piscina, porque el mar andaba demasiado revuelto para ir a la playa.

Damiano le pareció más atractivo que nunca. Llevaba un bañador oscuro que apenas ocultaba su poderosa hombría, y todo lo femenino que había en ella reaccionó ante la visión de sus piernas musculosas, sus anchos hombros y su pecho.

Riva pensó que era una combinación perfecta de fuerza y belleza, como las buganvillas que crecían en las macetas que decoraban la piscina.

—He pensado que te gustaría beber algo.

Damiano se inclinó y le ofreció un vaso alto con una bebida de color naranja, que prometía ser adecuada para calmar su sed.

—Gracias.

Riva se bebió la mitad de un solo trago. Después, él le quitó el vaso y lo dejó en la mesita que estaba junto a ella.

—Tus hombros ya están colorados —le advirtió

él–. Te dije que no estuvieras mucho al sol. Eres demasiado blanca.

–Sí, señor.

–No es ninguna broma. ¿Te has puesto crema?

–Por supuesto.

–Pues no te has puesto la suficiente. De hecho, dudo que llegues para ponerte crema en todas partes. ¿Por qué no me has pedido ayuda?

Damiano alcanzó el tubo que estaba en la mesa y lo abrió.

–Porque no necesito que me ayudes. Puedo hacerlo sola.

–Anda, date la vuelta.

Ella se estremeció ante la perspectiva de disfrutar del contacto de sus manos, pero obedeció de todas formas porque sabía que, si se negaba, confirmaría lo que por otra parte era un secreto a voces: que le asustaba lo que sentía por él. Por fortuna, el bikini blanco de sujetador cerrado al cuello y braguitas mínimas era bastante más recatado que la versión con tanga que había estado a punto de comprar en una tienda.

–Relájate.

Damiano le puso crema en la espalda y empezó a frotar.

–¿Dónde está Ben?

–¿Por qué lo preguntas? ¿Tienes miedo de que se presente y vea algo poco adecuado para un niño de su edad? –preguntó él con humor.

–Claro que no –dijo, con más brusquedad de la cuenta.

–No te preocupes, Riva. Estaría encantado de llevarte a mi habitación, pero tenemos que resolver un asunto antes de poder permitirnos ese placer. Sin embargo, no hay peligro de que vea nada inapropiado. André y Françoise se lo han llevado a ver a mi abuela. No volverán hasta dentro de un buen rato.

Riva sintió un escalofrío al saber que se habían quedado a solas y que, en principio, podían hacer lo que quisieran.

—¿A qué asunto te refieres?

—A lo que vamos a hacer con Benito.

Ella frunció el ceño.

—¿Lo que vamos a hacer? ¿Por qué hablas en plural?

—Porque Ben necesita a sus padres —respondió él—. A los dos.

—Bueno, eso no es un problema. Ya los tiene.

Damiano suspiró.

—Ya sabes lo que quiero decir. Por ejemplo, ¿permitirías que me lo llevara yo solo, de vacaciones?

—De ninguna manera.

—¿Por qué? ¿Por miedo a que no te lo devuelva?

—No. Porque sé perfectamente que habrías preferido que la madre de tu hijo fuera cualquier otra persona.

Él respiró hondo.

—Bueno... digamos que ninguno de los dos deseaba esta situación —dijo Damiano—. Pero lo hecho, hecho está.

Riva maldijo su suerte en silencio. Se había enamorado de Damiano, pero estaba convencida de que él no sentía lo mismo por ella. Y, como si eso no fuera suficiente, las caricias de sus manos la estaban volviendo loca.

—Relájate —insistió él al notar su tensión—. No pretendo separarte de Benito. Solo quiero conocer el terreno que piso y, naturalmente, tus preocupaciones. Aunque yo también tengo las mías.

—¿Tú? ¿Qué preocupaciones tienes?

—Para empezar, su educación. Quiero que reciba la mejor.

Ella giró la cabeza y lo miró.

—¿Y crees que yo no?

—También quiero que tenga una vida estable.

—Ya la tiene.

—Es posible que la tenga en cierta forma, pero esta situación no es la más recomendable para él —comentó Damiano—. ¿Quieres que se sienta dividido entre lo que siente por ti y lo que siente por mí?

—¿Por qué se va a sentir dividido? Puedes verlo cuando quieras.

—Sí, pero con tus condiciones.

Ella suspiró.

—¿Y qué pretendes? Soy su madre.

—Pretendo que viváis conmigo.

—¿Que vivamos contigo? —dijo, espantada.

—Sí.

Riva se dio la vuelta.

—¿Y qué puesto ocuparía yo? ¿El de tu mantenida? —preguntó con sarcasmo—. ¿Qué me estás ofreciendo exactamente? ¿Una vida de sexo y lujos para la pequeña arribista a cambio de la custodia de Ben?

Él la miró con seriedad.

—Por supuesto que no.

—Entonces, ¿qué propones?

—Que nos casemos.

Riva lo miró en silencio, tan desconcertada por su oferta como por lo mucho que le gustaba Damiano D'Amico. Sus rasgos le parecían apasionados, sensuales y orgullosos como los de un dios pagano.

—Eso no es posible.

Él frunció el ceño.

—¿Por qué?

A ella le faltó poco para contestar que no era posible porque no la amaba. Desgraciadamente, no le podía decir la verdad. Damiano habría sabido que estaba enamorada de él, y ya se sentía bastante avergonzada al respecto.

—Porque entre tú y yo hay demasiadas cosas.

—¿Cosas como esta?

Damiano se inclinó y le dio un beso en el lóbulo de la oreja.

—Basta... —le rogó ella—. No sigas.

—¿Por qué no? Es lo que los dos deseamos.

—Te equivocas. Yo no lo deseo.

Él se rio con suavidad y la besó en el cuello.

—¿Ah, no?

—Damiano, por favor...

Lejos de romper el contacto, él cambió de posición y la besó en la boca, apasionadamente. Ella intentó resistirse, pero fue inútil. Le gustaba demasiado, así que se aferró a él y respondió del mismo modo.

—*Carissima*...

Su voz le pareció tan dulce y suave como la brisa que acariciaba las palmeras. Cada vez que hablaba en italiano, se excitaba más. No entendía su idioma, pero lo encontraba intensamente afrodisiaco.

Llevó las manos a su espalda y le acarició los hombros antes de empezar a descender. Damiano suspiró y ella se sintió inmensamente satisfecha, porque aquel suspiro significaba que ella también tenía poder sobre él. Estaba tan excitada que ni siquiera se dio cuenta de que le había desabrochado la parte de arriba del bikini, y gimió de placer cuando se la quitó y se quedó mirando sus pechos desnudos.

—Eres preciosa, *amore*.

Ella parpadeó, sin apartar la mirada de sus ojos oscuros.

—Tú también lo eres —dijo en voz baja.

—Oh, Riva... ¿Eres capaz de negar ahora lo que sentimos?

Ella guardó silencio.

—¿Ni siquiera vas a admitir que me deseas?

Esa vez, Riva contestó.

—Te deseo.

Ya no tenía remedio. Lo había dicho. Había admitido que no era más inmune a sus encantos que el mar a la atracción de la luna. Y esa misma confesión sirvió para que se excitara más, porque implicaba darle permiso para hacer lo que quisiera.

Las manos que él había mantenido en su cintura pasaron entonces a sus senos, que acarició. Riva gimió de nuevo y se dejó llevar por las emociones que la dominaban. Damiano besó sus labios, descendió por su cuello y, al final, cerró la boca sobre uno de sus pezones, que succionó con inmensa delicadeza.

–Umm... Sabes maravillosamente bien, *mia cara*

–Será por la crema –bromeó ella.

Él la miró con humor, pero sin interrumpir sus atenciones. Luego, bajó una mano y le soltó los nudos de las braguitas del bikini, que quitó con tanta facilidad como le había quitado el sujetador. Riva cerró los ojos un momento y los volvió a abrir. Sus sentidos se habían despertado hasta el punto de que era más consciente de todo, desde el sonido de la brisa hasta el rumor de las olas que rompían en la playa.

Con suma dulzura, él le levantó un poco las caderas y, a continuación, hizo exactamente lo que ella deseaba: hundió la cabeza entre sus piernas y empezó a lamer.

Ella se volvió loca de deseo y se empezó a mover, incapaz de refrenarse. Hasta que, al cabo de unos momentos, él se detuvo y dijo:

–Te podría dar lo que quieres ahora mismo, aquí mismo... pero te prometo, *amore* que te daré mucho más si vamos dentro.

Damiano se levantó y le ofreció una mano que ella aceptó. Estaba tan excitado que su erección era perfectamente visible bajo la tela del bañador.

–No te preocupes, *cara*. Nos vamos a encargar de que dure mucho –continuó–. Llevo demasiado tiempo esperando este día.

Riva se quedó atónita.

¿Qué había querido decir? ¿Era posible que la deseara tanto como ella a él? ¿Que ansiara tanto sus caricias? ¿Que se despertara del mismo modo noche tras noche, tras haber tenido otro sueño erótico?

En cualquier caso, estaba a punto de descubrirlo.

En el interior de la casa hacía bastante más fresco que afuera. Damiano la llevó por la escalera hasta llegar a su dormitorio, una estancia grande, dominada por una cama enorme, cuyos balcones daban a la playa.

Sin poder evitarlo, Riva se preguntó cuántas mujeres se habrían acostado con él en aquella cama. Sin embargo, se dijo que no era asunto suyo y lo olvidó. Al igual que Damiano, había esperado demasiado tiempo y no estaba dispuesta a romper la magia con preocupaciones sin sentido.

Él la tumbó y ella se dedicó a disfrutar de la visión de su cuerpo cuando se quitó el bañador y le ofreció el paisaje de su larga y dura virilidad. Hasta el acto de ponerle el preservativo fue enormemente satisfactorio para Riva, que no apartó la vista de su sexo.

Ninguno de los dos dijo nada. Ella se volvió a echar y separó las piernas. Él se puso encima, se apoyó en los codos y preguntó:

–¿Peso demasiado?

Riva sonrió y sacudió la cabeza.

–En modo alguno.

–¿Estás segura? –dijo él, que no estaba convencido–. En comparación con el mío, tu cuerpo parece tan frágil...

Ella alzó una mano y le acarició la cara y la garganta.

–Estoy segura –contestó.

Damiano comprobó que estaba preparada para recibirlo y, a continuación, la penetró. Ella soltó un gemido de placer, contoneándose inconscientemente para acomodar mejor su sexo. Había llegado el momento que tanto deseaba.

Se empezaron a mover al unísono, tan envueltos el uno por el otro como envueltos los dos por la repentina oscuridad del día, que se había cargado en anuncio de tormenta. Segundos más tarde, un rayo iluminó el cielo; pero Riva no le prestó atención. Ya tenía suficiente con la intensidad de sus sensaciones, que fue creciendo de forma inexorable hasta que el orgasmo la alcanzó de lleno, justo cuando él llegaba al clímax.

Durante los momentos posteriores, no hizo nada salvo escuchar el sonido de la lluvia, que azotaba con fuerza el tejado de la casa. Era como si la Tierra estuviera llorando; como, si después de haber acumulado una tensión casi imposible de soportar, la hubiera liberado de la forma más explosiva posible.

Aún tenía la cabeza sobre el pecho de Damiano cuando se acordó de que había dejado el bikini en el exterior de la casa.

–Oh, no...

–¿Qué ocurre?

–El bikini –dijo–. ¿Qué pasará si André y Françoise vuelven de repente y lo ven?

Damiano sonrió.

–Pensarán que estás donde debías estar.

–¿Dónde? ¿En la cama del amo?

Él la acarició con dulzura.

–¿En la cama del amo? –repitió con humor–. Dices unas cosas muy extrañas, pero me gusta cómo suena... Sí, satisfaciendo al amo. Haciendo lo que vas a hacer a partir de ahora, en calidad de esposa del amo.

Riva se apartó.

–Nuestro matrimonio no cambiaría nada.

–¿Tú crees? ¿Estás segura? Porque yo diría que las cosas ya han cambiado. Aunque si necesitas que te lo demuestre otra vez...

Antes de que ella lo pudiera impedir, Damiano la alcanzó y le empezó a succionar un pezón. Riva se supo derrotada. Su propio cuerpo la estaba traicionando. Pero protestó como si no fuera así.

–No te puedes salir siempre con la tuya, Damiano.

Él se rio contra su pecho y succionó con más fuerza.

–¿Por qué no? –dijo–. Te encanta que me salga con la mía.

Como para demostrarlo, él le separó las piernas y lamió. A Riva se le escapó un grito de embelesada derrota, y se le tensaron los músculos del estómago mientras Damiano volvía a alimentar su placer, dejándola tan impotente que no pudo hacer nada salvo gemir y rendirse a las sensaciones que, una vez más, la llevaron al orgasmo.

–Admítelo. Eres tan esclava de tu deseo como yo mismo –dijo él–. El destino ha decidido que estemos juntos. Anunciaremos la boda esta noche.

Ella se sentó de golpe, presa del miedo. Sus pechos desnudos aún estaban ligeramente hinchados por las caricias de su amante.

–¡No! –gritó.

Él la miró a los ojos y Riva se levantó de la cama, sin saber qué hacer. Estaba convencida de que su matrimonio sería un desastre; segura de que, más tarde o más temprano, se cansaría de acostarse con la madre de Ben y buscaría amor en otros brazos.

Su relación no podía funcionar. Damiano no estaba enamorado de ella. Hasta era posible que la considerara de una clase inferior; una mujer indigna de llevar el apellido D'Amico, una mujer de la que no habría querido saber nada si no le hubiera dado un hijo. La misma mujer que, desde su punto de vista, lo había intentado engañar cinco años antes.

Se sintió terriblemente culpable por haber cometido el error no solo de enamorarse de él, sino también de dejarse llevar por el deseo. En ese momento, le pareció del todo inadmisible. Se había entregado al hombre que había destrozado la vida de su madre. Había traicionado la memoria de Chelsea Singleman.

–No me casaré contigo –sentenció.

Damiano alcanzó una bata y se la puso.

–Creo que deberías pensarlo con calma. Tenemos un hijo. Sus intereses deberían ser lo primero para los dos.

Como tantas otras veces, Riva guardó silencio.

–Piénsalo bien. Porque estoy seguro de que, cuando lo pienses, te darás cuenta de que es lo mejor.

Capítulo 9

DÍAS más tarde, Riva llegó a la conclusión de que era imposible no llevarse bien con Eloise Duval. Tenía la extraña habilidad de tranquilizar a cualquiera, algo de lo que ella andaba bastante necesitada.

Damiano había salido con Ben y ella estaba sentada con Eloise en el salón de la casa, cosiendo. Su mente era un caos desde que él le había ofrecido el matrimonio. Cada vez estaba más tensa, aunque no podía negar que las cosas habían cambiado. En parte, porque la presencia del niño contribuía a aliviar el conflicto subyacente y, en parte, porque Damiano la trataba ahora con una indiferencia que, por desgracia, solo servía para que lo deseara más.

Riva pensó que era extraordinariamente astuto. Sabía lo mucho que lo deseaba y había cambiado de estrategia con la evidente intención de alimentar tanto su necesidad que, al final, terminara por rendirse y aceptar el matrimonio.

Sin embargo, había otra posibilidad: que una mujer más poderosa y socialmente aceptable le estuviera dando lo que ella no le daba. Riva había leído la prensa local y sabía que el yate de Magenta Boweringham había echado el ancla en una de las islas cercanas. Pero intentó convencerse de que no sería capaz de hacer algo así.

–Pareces triste, *chérie* –dijo Eloise con su voz suavemente nasal–. ¿Es que tienes problemas con mi nieto?

Riva se dijo que era una mujer muy perceptiva, pero se hizo la loca.

–¿Por qué preguntas eso?

En su nerviosismo, se pinchó con la aguja y se hizo una pequeña herida. La abuela de Damiano sacó un pañuelo y se lo dio para que se limpiara la sangre mientras le recomendaba que tuviera más cuidado.

–Gracias, Eloise. Siempre estás al tanto de todo.

–Bueno, alguien tiene que estarlo –comentó la anciana con humor–. Pero, volviendo a lo que te he preguntado antes, me parece una pena. No hay nada que me disguste tanto como la felicidad malgastada.

Riva se limitó a mirarla a los ojos.

–He acertado, ¿verdad? Tenéis problemas.

–¿Tan evidente es?

Eloise Duval sonrió, aunque sin apartar la vista de su bordado.

–Para una mujer tan vieja como yo, sí. No hay muchas cosas que no hayas visto o sentido cuando llegas a los ochenta años. Y te aseguro que aún reconozco los síntomas de una mujer enamorada.

–Comprendo.

–Quiere casarse contigo, ¿no?

–¿Te lo ha dicho?

–No con palabras –respondió Eloise–. Por suerte, soy su abuela y lo conozco tan bien que no necesito

palabras para saber lo que está pensando. Especialmente, cuando las cosas no salen según sus planes.

–Cuando no se sale con la suya, querrás decir
–declaró Riva con sarcasmo.

Eloise frunció el ceño.

–¿Salirse con la suya?

Riva dejó su labor en la mesa y volvió a suspi-
rar.

–Tu nieto no está enamorado de mí –afirmó.

–¿Y eso es tan importante? –replicó Eloise, sor-
prendiéndola–. Te puede dar otras cosas. Seguridad,
lealtad y un hogar para su hijo.

–También es hijo mío –le recordó, tajante.

Riva se arrepintió de haber sido tan brusca con
Eloise. Sabía que solo intentaba ayudar, así que
cambió de actitud y de tono.

–Además, el amor no es el único problema.

Resignada, volvió a alcanzar la labor y pasó un
hilo dorado por lo que pretendía ser un tapiz para
adornar una pared. Le dedicaba todos los momentos
libres que tenía, pero había estado tan ocupada con
el trabajo y su hijo que llevaba cuatro años con él.
Había decidido que, cuando lo terminara, se muda-
ría a un piso nuevo y lo colgaría en el salón.

–Ah... ¿Es por lo que pasó entre Marcello y tu
madre?

Riva dejó de coser.

–¿Damiano te lo ha contado?

Eloise se encogió de hombros.

–Solo por encima. Nunca ha dado demasiadas
explicaciones al respecto. Pero reconocí tu apellido
cuando nos presentó –dijo–. Al principio, me ex-

trañó que no me hubiera dicho que tenía un hijo contigo... Solo lo entendí más tarde, por tu comportamiento. Me di cuenta de que Damiano no lo ha sabido hasta hace poco.

Una vez más, Riva se quedó asombrada con la perspicacia de aquella mujer.

—¿Te contó que fue el culpable de que Marcello y mi madre se separaran?

Eloise dejó su bordado y se frotó la sien.

—Mi nieto no suele admitir sus errores con facilidad. No está acostumbrado a equivocarse y, en consecuencia, tampoco está acostumbrado a perdonarse cuando se equivoca —explicó—. ¿Le estás castigando por lo que hizo?

Riva se lo preguntó a sí misma. ¿Lo estaba castigando?

Al cabo de unos segundos, llegó a la conclusión de que la respuesta era negativa. Pero se dijo que, si hubiera sido positiva, habría estado en su derecho. En primer lugar, por haber hecho daño a Chelsea. En segundo, por haberse portado tan mal con ella. En tercero, por no haber admitido su error. Y, en cuarto, por haberla seducido otra vez.

—Déjame ver eso, *ma chère* —dijo Eloise—. Deja que vea lo que estás haciendo con ese precioso hilo dorado.

Riva se lo enseñó.

—Ah, aún no quieres revelar el dibujo final, *non?* —continuó.

—No hasta que esté terminado.

Eloise asintió lentamente.

—Eres muy creativa. Estoy segura de que tienes

mucho éxito como diseñadora de interiores. Espero que alguna vez trabajes para mí.

Riva sonrió. No le quiso decir que, teóricamente, ya había trabajado para ella.

–Y ahora, si necesitas descansar un poco de ese proyecto mastodóntico en el que te has embarcado, te podría enseñar a bordar. Si lo haces tan bien como el resto de las cosas, serás una pupila excelente.

Todavía se estaban riendo cuando Damiano entró en la sala. Llevaba unos vaqueros azules y una camisa del mismo color, pero más claro. Dedicó una sonrisa a su abuela y, acto seguido, miró a Riva con tanta intensidad que el ambiente se cargó de inmediato. Afortunadamente, Ben corrió a los brazos de su madre en ese momento y contribuyó a suavizar las cosas.

–Hola, cariño. ¿Te has divertido?

–Sí, papá me ha llevado al aeródromo y me ha enseñado su avión. Luego, ha bajado la capota del Porsche, se ha detenido para comprarme un helado gigante y...

Riva escuchó a su hijo con tanta atención como afecto. Era obvio que estaba encantado con Damiano, pero difícilmente se lo habría podido reprochar, teniendo en cuenta que se había enamorado de ese mismo hombre.

El niño se apartó entonces de ella y se abalanzó sobre Eloise, que lo abrazó.

–Anda, ve a lavarte las manos y deja en paz a tu bisabuela –intervino Damiano con una sonrisa–. ¿Qué tal te encuentras hoy, *grandmère*?

–*Je suis fatiguée*, querido nieto. Pero no es por mí por quien te deberías interesar.

Eloise lanzó una mirada a Riva, aunque no era necesario. Él ya se había dado cuenta de que se refería a ella.

–A mí me parece que tiene buen aspecto. No tiene sentido que le pregunte.

Damiano salió de la habitación y las dejó a solas. Entonces, Eloise le puso una mano en el brazo a Riva y dijo:

–Aférrate a la pasión. No pierdas el tiempo con tonterías. Es un don precioso... y no dura para siempre.

Eloise lo dijo con tanta tristeza que Riva tuvo la impresión de que no estaba pensando en ella, sino en sí misma, en su propia experiencia personal. ¿Estaba insinuando que su matrimonio con el abuelo de Damiano no había sido tan maravilloso como decían? ¿Habría habido otra persona en su vida? ¿Otro amante, quizá?

–Será mejor que vaya a ver a mi hijo. Cualquiera sabe lo que estará haciendo.

Riva alcanzó el tapiz y se marchó tan deprisa como le fue posible. Ya había tenido demasiadas emociones por un día, y no habría soportado más.

Antes de que se diera cuenta, ya habían pasado cuatro semanas desde su llegada a la isla. La casa era tan lujosa y el lugar tan bello que, a veces, tenía miedo de acostumbrarse y no ser capaz de volver a su vida anterior. Incluso consideró la posibilidad de que Damiano la hubiera llevado allí por ese motivo. Aunque solo fuera en parte.

Una noche, salió a pasear por el jardín y pensó en lo fácil que sería abandonar su carrera y vivir a costa de Damiano. Ya no tendría que preocuparse por sus obligaciones. No volvería a sentir angustia ante la necesidad de pagar las facturas y llevar comida a la mesa. Él era un hombre rico. Le podía dar todo lo que deseara.

Sabía que muchas mujeres habrían aceptado esa situación sin dudarlo un momento. Pero Riva no era como ellas. No estaba dispuesta a renunciar a su independencia y su libertad.

A la mañana siguiente, Damiano la dejó sorprendida.

—Tengo que ir a otra de las islas, por un asunto de negocios —anunció—. ¿Por qué no vienes conmigo?

—¿Contigo?

—Sí, eso he dicho.

—¿Y qué hacemos con Ben?

Damiano sonrió.

—No te preocupes. He hablado con él y me ha dicho que estará encantado de quedarse con su bisabuela. Además, también estará el nieto de Françoise y André, sin contar sus padres y un par de familiares más, que han venido a visitarlos.

—Has pensado en todo, ¿eh?

—Por supuesto.

Cuando el avión privado aterrizó, Riva estaba de muy buen humor. Había sido un vuelo tan rápido como cómodo, y con unas vistas preciosas.

–¿Viajas así todo el tiempo? –preguntó mientras bajaban por la escalerilla–. Es mucho mejor que subirse a un autobús para llegar a Charing Cross.

Él le dedicó una sonrisa encantadora.

–Y que lo digas. Conozco los autobuses de Londres, y van notablemente más abarrotados –ironizó.

Damiano la llevó a una limusina que los estaba esperando en la entrada del aeródromo, y Riva se llevó una segunda sorpresa cuando vio que él mismo se ponía al volante. Pero, a decir verdad, se alegró. Había descubierto que era un conductor excelente, y se sentía más segura con él que con nadie más. Así que se sentó, se recostó tranquilamente en el asiento y se dedicó a disfrutar del paisaje.

El asunto de negocios de Damiano resultó ser una visita a un colegio de enseñanza primaria. Riva no se lo podía creer, pero se divirtió mucho con los niños, que se empeñaron en que el gran hombre les sacara fotografías con ella. Además, tuvo ocasión de conocer al director del colegio, un hombre encantador que le habló de las donaciones de Damiano y de sus distintas contribuciones a la comunidad.

Al salir del edificio, volvieron al coche y se pusieron en marcha. Damiano, que se había quitado la chaqueta y se había quedado en mangas de camisa, la llevó a una playa que le pareció sencillamente espectacular.

–Es una maravilla.

–La conocí gracias a mi abuelo –explicó él mientras caminaban por la arena, descalzos–. Me enseñó a hacer surf y submarinismo durante mis primeras vacaciones en las islas Seychelles.

–¿Tu abuelo? ¿Te refieres al marido de Eloise?

Él asintió.

–Sí. Era un hombre muy divertido, pero también podía ser bastante estricto... incluso demasiado estricto. Me temo que los Duval son como los D'Amico en muchos aspectos. También tienen una reputación que mantener.

Riva guardó silencio durante unos instantes. Y, cuando volvió a hablar, lo dejó completamente sorprendido.

–¿Eran felices?

–*Scusi*?

–Tus abuelos. Me refería a tus abuelos.

Él frunció el ceño.

–¿Por qué lo preguntas?

Riva se encogió de hombros.

–Por algo que dijo Eloise...

Damiano soltó una carcajada.

–Umm... ¿Se puede saber qué habéis estado haciendo? –preguntó–. ¿Compartir confidencias de mujer?

Riva sonrió con picardía.

–Es posible.

–Pues no creo que su relación tuviera mucho que ver con la felicidad.

–¿Qué significa eso?

–Que no estaban juntos por amor, sino porque era lo que se esperaba de ellos.

–¿Quién lo esperaba? ¿Su familia?

–En efecto –dijo él–. Su matrimonio fue de conveniencia, una fusión de empresas y fortunas. Pero creo que Eloise lo quiso de verdad.

–¿Y tu abuelo?

Damiano dudó un segundo.

–Tengo la impresión de que lo intentó. Pero él se quería casar por amor, no por conveniencia, y su familia lo obligó a desposarse con Eloise.

–Oh, vaya.

–De todas formas, fue un marido leal hasta donde pudo y un buen padre para su hija, mi madre. Aunque nunca se le dieron bien las demostraciones de afecto. Y es obvio que la relación de mis abuelos carecía de...

–¿Pasión?

–Sí, exactamente. De pasión.

Ella sacudió la cabeza y dijo:

–¡Pobre Eloise!

–Sí, supongo que fue difícil para ellos. Sin embargo, yo diría que mi abuela es bastante feliz.

Riva no dijo nada. Había bajado la cabeza y se había quedado en silencio.

–¿Riva? ¿Qué te pasa? ¿Por qué estás tan triste?

Ella deseó poder decirle la verdad. Mientras él le hablaba de sus abuelos, Riva había pensado que su situación no podía ser más distinta a priori. A ellos les sobraba pasión. Pero estaba segura de que, si aceptaba su oferta de matrimonio, él no tardaría en descubrir que el sexo no era base suficiente para mantener una relación entre dos adultos.

Cuando Damiano se inclinó sobre ella y le dio un beso en la frente, Riva cerró los ojos con fuerza.

Habría dado cualquier cosa por cerrar los brazos alrededor de su cuerpo y abandonarse a sus caricias.

–Ven conmigo –él la tomó de la mano–. El día
no ha terminado todavía, y tenemos muchas cosas
que hacer.

Capítulo 10

COMIERON en un restaurante de techo de paja y laterales abiertos que daba a otra playa preciosa. Pidieron langosta, frutas tropicales y una especie de ponche que, a pesar de no llevar alcohol, hizo que Riva se sintiera como si estuviera flotando.

Y lo estaba, pero de estar con Damiano D'Amico.

Después de la comida, se cruzaron con un vendedor callejero y, a instancias de ella, le compraron un coco fresco, que el vendedor cortó y le dio a beber. Luego, Damiano la llevó a una zona boscosa, para enseñarle un tipo de palmera que no crecía en ningún otro sitio del mundo.

–Así que este es el famoso coco de mar –dijo Riva.

–En efecto. Y esos frutos que cuelgan en lo alto tienen fama de ser afrodisíacos. Al menos, según la tradición.

Ella soltó una risita y él la miró con picardía.

–Será por la forma que tienen las semillas –comentó ella.

Esa vez, se rieron los dos. Riva se refería a que las semillas del árbol tenían una forma muy peculiar: se parecían a un trasero humano. Pero no lo sabía porque tuviera grandes conocimientos de Botánica, sino porque las habían visto en una tienda y le había parecido tan divertido que había comprado una de recuerdo.

—Como quizá sepas, estos árboles solo existen aquí. Supongo que de ahí procede la leyenda de que el Jardín del Edén estaba en estas islas –dijo él.

Riva se rio de nuevo y Damiano admiró su cuerpo. Aquel día se había puesto un vestido blanco, virginal y algo suelto, que le quedaba maravillosamente bien. De haber podido, se lo habría arrancado allí mismo y le habría hecho el amor.

Desgraciadamente, no estaban solos.

—Vámonos de aquí. Esto está lleno de turistas.

El vuelo de vuelta fue aún más bonito que el de ida. La tarde avanzaba hacia el crepúsculo, y la luz dorada se reflejaba en las aguas del océano. De hecho, la puesta de sol los sorprendió cuando ya habían aterrizado y se dirigían a la casa.

Al llegar, descubrieron que Ben se había acostado. Riva se inclinó para darle un beso en la frente y él le acarició el pelo, pero con cuidado de no despertarlo.

—*Buona notte, piccolo.*

A Riva se le hizo un nudo en la garganta. Damiano notó que se había emocionado y se preguntó si era por Benito o por él. Le habría gustado pensar que era por él, pero no se atrevía a albergar esperanzas al respecto.

En cuanto salieron de la habitación, le puso las manos en la cintura y le dio un beso en la mejilla. Riva alzó la cabeza como si ardiera en deseos de que la besara en la boca, y él estuvo a punto de concederle el deseo, llevarla a la cama y hacer el amor con ella hasta el amanecer. Pero se refrenó.

–Será mejor que me vaya al despacho. Tengo trabajo que hacer –dijo él–. Buenas noches, Riva.

Luego, respiró hondo y se marchó.

Riva se sentía tan frustrada que no dejaba de dar vueltas en la cama, incapaz de conciliar el sueño. Estaba segura de que, cuando volvieran de su visita a la isla del Edén, se acostaría con ella y harían el amor apasionadamente. Pero en lugar de eso, había afirmado que tenía trabajo y se había encerrado en su despacho.

Al girarse de nuevo, con su corto camisón muy por encima de las rodillas, miró la mesita de noche y vio el fruto del coco de mar que había comprado. Su forma era tan provocativa que no le habría extrañado que tuviera efectos efectivamente afrodisíacos.

Después, pensó en Damiano, se lo imaginó desnudo en su cama y se acordó del consejo de Eloise.

«Aférrate a la pasión», le había dicho.

Riva sabía que Damiano estaba manteniendo las distancias porque estaba molesto con ella y la quería castigar. Pero ya se había cansado de ese juego, así que se levantó de la cama, salió al pasillo y avanzó sigilosamente hasta su dormitorio, que se encontraba en el extremo opuesto de la casa.

Al llegar a la puerta, dudó. Era lo único que la separaba de una noche de amor. Si cruzaba el umbral, pondría fin a aquella tortura. Pero nunca había dado el primer paso en un encuentro sexual, y tardó más de la cuenta en decidirse.

Cuando por fin se atrevió, pasó algo que estropeó su sigilo y su intención de meterse entre las sábanas sin que Damiano se diera cuenta. Una polilla de alas moradas le rozó el brazo al pasar y le arrancó un grito ahogado.

Damiano no se despertó. Se limitó a moverse un poco, en sueños. Pero aquel movimiento bastó para que Riva perdiera los nervios y saliera de la habitación a toda prisa.

Antes de que se diera cuenta de lo que había pasado, se encontró en la playa, bajo la luz de la luna. Ni siquiera sabía por qué se había asustado tanto. O, por lo menos, no lo sabía en ese momento; porque segundos más tarde, mientras escuchaba el canto de los grillos, tuvo una revelación: lo amaba tanto que tenía miedo de que le hiciera daño.

Sin embargo, eso no hizo que se sintiera mejor. Fuera cual fuera el motivo, había perdido la oportunidad de disfrutar de una noche de pasión y se sentía más sola que nunca.

—¿Te importa que me una a ti? ¿O es una fiesta privada?

Riva se sobresaltó al oír su voz.

—¿Qué estás haciendo aquí?

—Yo te podría preguntar lo mismo.

—Es que no podía dormir —dijo.

Él sonrió.

—¿Ah, no? Me pregunto por qué.

—Porque hace demasiado calor.

–Sí, supongo que lo hace. Y también supongo que no se debe a la humedad tropical –dijo con ironía.

Riva se estremeció.

–¿A qué te refieres?

–¿Es necesario que te lo explique?

Riva estaba tan nerviosa que tuvo miedo de que Damiano pudiera oír los latidos de su corazón. Y su nerviosismo aumentó cuando un insecto nocturno pasó justo por encima de su cabeza, atraído por las suaves luces del jardín.

–No temas, no te hará daño –declaró Damiano–. Estoy seguro de que tiene más miedo de ti que tú de él.

–Eso es lo que mi madre solía decir.

–Parece que tu madre era una mujer muy sabia –observó él.

–Lo era. Y también era una mujer maravillosa, a pesar de lo que equivocadamente piensas. Una mujer inteligente y encantadora que, por desgracia, tenía tendencia a la depresión. Por eso me alegré tanto cuando me contó que se iba a casar con tu tío. Estaba loca por él. Habrían sido muy felices.

Damiano rompió el silencio posterior con unas palabras que Riva no esperaba oír.

–¿Crees que no lo sé? ¿Que no he llegado ya a esa conclusión?

Ella respiró hondo y lo miró con rabia e incredulidad.

–Riva...

Él intentó ponerle una mano en el brazo, pero ella se apartó como si le quemara.

–No. No digas nada más.

Entonces, Riva salió corriendo hacia el mar.

El camisón y las zapatillas de Riva se quedaron por el camino. No sabía por qué, pero sentía la irrefrenable necesidad de meterse en el agua, así que se los quitó y entró en el mar completamente desnuda.

Cuando se dio la vuelta hacia la playa, vio que Damiano nadaba hacia ella.

–¡No vuelvas a hacer eso! –bramó–. Santo cielo... He pensado que ibas a...

–¿A qué? ¿A nadar hasta Inglaterra?

A Riva le pareció tan divertido que soltó una carcajada. Las oscuras aguas del océano habían borrado su dolor y lo habían sustituido por un sentimiento de libertad que resultaba de lo más estimulante.

–No tiene ninguna gracia. Estas aguas son peligrosas –protestó él–. Si no fuera porque soy un caballero, te pondría encima de mis rodillas y te daría unos cuantos azotes.

–No creo que los azotes sirvieran de nada. Si me quieres dar una lección, tendrás que buscar otra forma... –dijo con sensualidad.

A Damiano le desconcertó su actitud. De repente, se comportaba de un modo extrañamente provocativo; pero le gustó tanto que, en lugar de perder el tiempo analizándolo, se abalanzó sobre ella.

Riva soltó un grito de felicidad e intentó huir, aunque no sirvió de nada. Damiano la alcanzó y cerró los brazos alrededor de su cuerpo. Fue entonces cuando se dio cuenta de que estaba tan desnudo como ella.

–¿Qué vas a hacer ahora? –preguntó Damiano.

Él llevó las manos a sus caderas y la levantó sin esfuerzo alguno. Riva cerró las piernas alrededor de su cintura, preparada para lo que estaba a punto de pasar. Casi no podía contener su excitación. El contacto de Damiano y la corriente del mar, que la acariciaba entre las piernas, la estaban volviendo loca.

Momentos después, él la penetró y ella soltó un gemido de absoluta satisfacción. Fue la sensación más increíble que había tenido en toda su vida. Nunca había sido tan consciente de su propio cuerpo. Echó la cabeza hacia atrás y le ofreció sus pechos, que él aceptó y empezó a succionar.

–Oh, Damiano...

Riva lo deseaba con todas sus fuerzas. Allí, en el paraíso de las Seychelles, no eran más que un hombre y una mujer, un Adán y una Eva que no tenían que rendir cuentas a nadie. Los problemas y las preocupaciones habían desaparecido de repente. Solo estaban ellos, en un mundo perfecto.

Riva se movió con él, cada vez con más fuerza, cada vez más deprisa. El placer era tan intenso que no podía dejar de gritar. Era como si el sexo de Damiano hubiera encontrado un punto mágico que potenciaba las sensaciones hasta extremos inauditos. El orgasmo la alcanzó con la fuerza de un maremoto, y aún sentía las contracciones cuando él soltó un gemido ronco y llegó al clímax.

Tras unos instantes de tranquilidad, Damiano dijo:

–Cásate conmigo.

Riva estuvo a punto de aceptar. Habría sido muy fácil. Si se casaba con él, sería suyo. Sin embargo, seguía convencida de que ese matrimonio no tenía futuro.

Damiano no estaba enamorado de ella. Y, pensándolo bien, le parecía normal. A fin de cuentas, no era más que una trabajadora con un pasado dudoso, mientras que él era un hombre rico, respetado e influyente que podía elegir a casi cualquier mujer que deseara.

En cuanto a sus palabras sobre Chelsea, no cambiaban nada. Aunque fuera cierto que ya no la creía una estafadora, aunque lamentara lo que había hecho cinco años atrás, Marcello y su madre habían fallecido y no iban a volver. Además, ella siempre sería un desliz del pasado. La chica que le había dicho que se estaba tomando la píldora y se había quedado embarazada durante su primera relación amorosa.

–Por favor, Damiano...

Deprimida, nadó hasta la playa y recogió el camisón y las zapatillas.

–¿Qué ibas a decir? –preguntó él, que la había seguido.

Ella no contestó.

–¿Qué intentas decirme, Riva? Esta noche, cuando has entrado en mi habitación, he pensado que por fin...

–¿Que por fin había entrado en razón? –lo interrumpió ella.

Damiano sacudió la cabeza.

–No, no he pensado eso. Aunque tienes que ad-

mitir que el matrimonio es la solución más lógica
–dijo.

–¿La solución más lógica? ¿En qué sentido?

–Riva...

–¿Por qué quieres que nos casemos? ¿Para que
Benito esté contigo todo el tiempo?

–Qué cosas dices... Esa no es la única razón. Es
cierto que me gustaría que llevase mi apellido, pero
también te lo estoy ofreciendo a ti –respondió Damiano–. Y, en cuanto a Ben, ¿qué tiene de extraño
que lo quiera a mi lado?

Riva sacudió la cabeza. Estaba convencida de
que solo le ofrecía el matrimonio porque su sentido
de la responsabilidad se lo exigía. Y porque era la
forma más segura y más fácil de tener la custodia
de Ben.

–Cásate conmigo –insistió él.

–No –dijo Riva, tajante.

–¿Es una respuesta definitiva?

–Lo es.

Riva se apretó el camisón y las zapatillas contra
el pecho y salió corriendo hacia la casa, temerosa
de que Damiano intentara que cambiara de opinión.

Lo amaba tanto que le habría resultado muy fácil.

Capítulo 11

BUENO, ¿qué tal te ha ido? –preguntó Olivia Redwood cuando Riva entró en la oficina de la empresa–. Además de estar maravillosamente morena, claro.

Riva se encogió de hombros.

–Bien.

Olivia arqueó una ceja.

–¿Solo bien?

Su jefa la miró con intensidad, como esperando una respuesta más larga. Pero Riva no quería hablar de Damiano, así que se limitó a decir:

–Hemos solucionado lo que teníamos que solucionar.

Sin embargo, no era cierto. No habían solucionado nada. Ni siquiera se habían puesto de acuerdo sobre Ben. Damiano quería la custodia compartida y ella le había dicho que se lo iba a pensar, aunque no sabía qué hacer. Tenía miedo de que le quitara al niño.

A pesar de ello, no había olvidado su cara de angustia ni las lágrimas que había derramado Ben cuando se despidieron en el aeropuerto, dos días antes. El pequeño se había aferrado a su padre con desesperación, y solo se soltó de él cuando Damiano le hizo la promesa de que se verían pronto.

–Y dime... ¿Esa solución incluye el matrimonio?

A Riva le extrañó que la jefa de Redwood Interiors estuviera tan repentinamente interesada en su vida personal.

–Definitivamente, no.

Olivia no la presionó más, de lo cual se alegró mucho.

Durante dos o tres semanas, se ahorró la tortura de tener que ver a Damiano, quien se había ido a Europa por un asunto de negocios. No obstante, llamaba con frecuencia por teléfono, para hablar con Ben. Y cada vez que Riva oía el timbre, se le encogía el corazón.

Una noche, Damiano se mostró más locuaz que de costumbre. Y, curiosamente, no quería hablar con su hijo, sino con ella.

–¿Qué tal te va, Riva? ¿Te encuentras bien?

–Sí, estoy perfectamente.

–No tendrás náuseas matinales, ¿verdad? –preguntó–. ¿Te ha venido la regla?

Riva frunció el ceño.

–¿Tienes miedo de que me haya quedado embarazada? Te recuerdo que hemos usado preservativo en todos los casos.

–Sí, ya lo sé, pero tampoco es un método absolutamente seguro –alegó Damiano–. Además, mantuviste en secreto la existencia de Ben. ¿Cómo puedo saber que no estás esperando otro hijo?

–¡Por Dios! –exclamó ella, exasperada–. Ya te he dicho que estoy bien. No me pasa nada en absoluto.

–Ya, pero...

–Adiós, Damiano.

Riva cortó la comunicación, dejándolo con la palabra en la boca. Su actitud le había parecido de lo más sospechosa. Cualquiera habría dicho que ardía en deseos de que tuviera otro niño. Pero, por otra parte, se dijo que no era tan extraño. Seguramente había pensado que, si se quedaba embarazada de nuevo, se casaría con él porque no tenía recursos para sacar adelante a dos criaturas.

Los días posteriores no fueron muy distintos. Ben preguntaba constantemente por su padre y ella le decía que estaba trabajando en el extranjero y que volvería pronto a Gran Bretaña. Por suerte, ya no parecía tan triste como antes. Kate le aseguró que se portaba bien cuando ella estaba en el trabajo, aunque hablaba a menudo de Damiano.

Riva no se lo había podido reprochar, porque también lo echaba de menos. Habría deseado que las cosas fueran distintas, pero no lo eran. Y, sencillamente, no se podía casar con un hombre que no la quería.

Una mañana, entró en el despacho de Olivia para llevar unos informes y oyó que estaba hablando con alguien sobre la Old Coach House.

Como su jefa estaba de espaldas a la puerta, no la oyó entrar. Y aunque Riva no tenía por costumbre escuchar conversaciones telefónicas ajenas, el asunto le interesaba tanto que se quedó.

Aún estaba asombrada con lo que había oído cuando Olivia se dio la vuelta.

–Ah, Riva... No sabía que estabas aquí.

–¿Es cierto lo que he oído? ¿Damiano ha contratado a otra diseñadora?

Olivia se encogió de hombros.

—Son cosas que pasan. Pero pensaba que Damiano te lo habría dicho.

Riva sacudió la cabeza, deprimida.

—No, no me ha dicho nada.

—Bueno, no te preocupes. Seguro que nos hacen otros encargos tan interesantes como el de la Old Coach House —afirmó su jefa—. No hay motivos para estar triste.

—Supongo que no. A veces se gana y a veces se pierde.

Riva intentó sonreír, pero no le salió muy bien.

Le parecía increíble que Damiano la hubiera traicionado de esa forma, mientras al mismo tiempo intentaba recuperar su confianza. Una vez más, había jugado con ella. Pero no quería darle la satisfacción de verla hundida, así que, aquella noche, cuando llamó por teléfono para hablar con el niño, tomó la decisión de no mencionar el asunto.

—Ben está dormido. Es muy tarde y se ha acostado.

—Sí, ya me lo imaginaba —dijo él al otro lado de la línea—. En realidad, he llamado para hablar contigo.

—No me digas.

A pesar de su indiferencia, Riva sintió curiosidad. ¿Por qué querría hablar con ella? ¿Para disculparse por haber contratado a otra diseñadora? ¿Para disculparse por no haber tenido la valentía de decírselo en persona?

—Se trata de Eloise.

A Riva se le hizo un nudo en la garganta.

—¿De Eloise? ¿Es que le ha pasado algo?

–No, no le ha pasado nada. Está bien.

–¿Entonces?

Él suspiró.

–Como tal vez sepas, falta poco para su cumplea-ños. La semana que viene, vuelve a Inglaterra en compañía de Françoisc y André. Yo también vuelvo, y me ha pedido que organice una fiesta en la Old Coach House para el lunes siguiente –respondió–. Solo asistirán unos cuantos amigos y conocidos, pero me gustaría que Ben y tú asistáis.

Riva quería estar tan lejos de Damiano como pu-diera, pero no se podía negar. Era el cumpleaños de Eloise, la bisabuela de Ben. Y, por otra parte, apre-ciaba mucho a la anciana.

–Muy bien. Allí estaremos.

–Una cosa más...

Riva se puso tensa.

–¿Qué ocurre?

–La florista y los del servicio de catering han di-cho que llegarán por la tarde, pero Eloise estará en la peluquería y no los puede atender.

–Comprendo.

–¿Podrías encargarte tú?

–El lunes es un día laborable. Tengo que trabajar.

–Descuida. Solo serán un par de horas.

Damiano no dijo nada más. Sencillamente, cortó la comunicación.

Sorprendentemente, Olivia se mostró encanta-dora cuando llegó el día de la fiesta y Riva le pidió que la dejara salir un par de horas.

—Ah, no te preocupes. Tómate toda la tarde.

Riva se quedó asombrada por su generosidad y, antes de salir del despacho, llamó al colegio para avisar a los profesores de Ben de que pasaría a recoger al niño cuando terminara en la Old Coach House.

Hacía tiempo que no iba por la antigua propiedad, y se emocionó un poco al recordar su primer día en ella. Cuando aparcó el coche, miró la mansión y vio un cartel en la entrada. Por lo visto, la habían vendido.

Riva se entristeció porque pensó que la habría comprado algún especulador para convertirla en apartamentos o, peor aún, para derribarla y construir otro edificio. Sabía que no era asunto suyo y que no podía hacer nada al respecto, pero le preocupó que a Eloise le disgustara. La abuela de Damiano le había confesado que le gustaba mucho la Old Coach House, y tuvo miedo de que destrozaran las vistas del lugar.

Entró en la casa y se dirigió al comedor principal para esperar a la florista y a los empleados del servicio de catering. Pero se llevó una sorpresa. Todo estaba preparado. Sobre la mesa del bufet brillaban los platos, los vasos y los cubiertos que se iban a utilizar. Y los arreglos florales eran tan bellos que la dejaron atónita.

¿Cómo era posible? Se suponía que no iban a llegar hasta las tres.

Ya estaba pensando que Damiano se había burlado de ella cuando oyó que alguien entraba en la casa.

Era él.

—Sospecho que estás enfadada —declaró—, pero no digas nada todavía. Escucha lo que tengo que decir.

Riva estalló.

—¿Que no diga nada? ¡He tenido que pedir un permiso en el trabajo! ¿Y para qué? ¿Qué es esto, una especie de juego retorcido?

—Riva...

—¿Quién te crees que eres, Damiano? ¿Por qué piensas que tienes derecho a controlar la vida de los demás?

Él alzó las manos en gesto de rendición.

—Últimamente, te niegas a hablar conmigo. Solo intercambiamos unas cuantas palabras cuando llamo por teléfono para hablar con Ben. Siento haberte engañado, pero era la única forma de quedarme contigo a solas —le confesó.

—Ya. Pues discúlpame, pero tengo que volver al trabajo.

Riva se dirigió a la salida con paso firme, y quizás la habría alcanzado si Damiano no se hubiera interpuesto en su camino.

—¡Déjame salir!

Riva intentó que su voz sonara tajante, pero sonó más bien desesperada.

—¿A qué viene esa reacción? —preguntó él, sin apartarse de la puerta—. ¿De qué tienes tanto miedo? ¿De ti misma?

Ella sacó fuerzas de flaqueza.

—No digas tonterías.

—Si son tonterías, ¿por qué estás tan nerviosa?

–No lo estoy.

Él arqueó una ceja con escepticismo.

–¿Ah, no? Discúlpame, pero lo veo en tus ojos y en el ligero temblor de tus labios. Y no es que no me guste lo que veo. A decir verdad, lo encuentro de lo más tentador. Pero no es una actitud muy lógica en una mujer tan aparentemente segura como tú, que no tiene problemas para ser mi amante y, sin embargo, se niega a ser mi esposa.

–Nunca he dicho que quiera ser tu amante.

–¿Y qué hemos sido hasta ahora, sino amantes?

Riva guardó silencio. No lo podía negar.

–Admítelo de una vez, *cara*. Ni tú ni yo podemos hacer gran cosa respecto a lo que sentimos. Ni el tiempo ni nuestros desencuentros lo han apagado, y nuestras diferencias solo sirven para aumentar la intensidad del deseo. Puede que no tengamos otra forma de aliviar la presión que rendirnos a ella. Puede que sea la única forma de establecer una relación normal entre nosotros, sin querer ir a la cama cada vez que nos vemos.

Riva no deseaba otra cosa que arrojarse entre sus brazos y hacer el amor con él. Lo deseaba hasta el extremo de que casi no se podía resistir. Pero estaba segura de que, al final, saldría malparada. Él seguiría con su vida tranquilamente y ella terminaría como cinco años antes, con el corazón roto.

–No voy a ser tu amante, Damiano.

–¿No?

–No.

Damiano se encogió de hombros.

–Bueno, es una pena, pero supongo que es lo

mejor. No queremos que Ben se haga falsas ilusiones, ¿verdad?

A Riva le molestó enormemente su actitud. ¿Cómo podía ser tan indiferente a sus sentimientos? Ni siquiera consideró la posibilidad de que la estuviera provocando para conseguir la respuesta que quería.

–¿Eso es todo lo que tienes que decir? Porque, si eso es todo, no te importará que vuelva a la oficina y deje de perder el tiempo miserablemente –declaró con disgusto–. Estás acostumbrado a salirte con la tuya y a manipular a la gente, pero a mí no me vas a manipular más. He venido a la Old Coach House por Eloise y por Ben, solo por ellos. Y tengo cosas más importantes que hacer que hablar contigo.

–Como quieras –dijo él–. Ah, antes de que te vayas...

–¿Sí?

–Te dejaste unas cosas la última vez que estuviste en la casa. Creo que son unos bocetos. Están en la mesa donde trabajabas.

–Muy bien. Iré a recogerlos.

Riva salió del comedor con lágrimas en los ojos, haciendo un esfuerzo por no romper a llorar. Mientras avanzaba por las vacías estancias de la casa, se dijo que lo suyo con Damiano era una causa perdida. Ni la amaba entonces ni la amaría jamás. Por mucho que le doliera, no tenía más opción que asumirlo de una vez por todas.

Entró en la sala que había sido su lugar de trabajo durante varias semanas, alcanzó los bocetos y echó un vistazo a su alrededor.

Su sorpresa fue mayúscula.

Como tenía los ojos empañados, pensó que la vista la engañaba y parpadeó varias veces, incapaz de creer que fuera cierto. Pero la vista no la engañaba. Aquello era asombrosa y desconcertantemente real.

Capítulo 12

RIVA dejó los bocetos en la mesa y giró sobre sí misma para observar hasta el último de los detalles de la sala.

Estaba tal como se la había imaginado, con los mismos materiales, los mismos colores y las mismas texturas que se había imaginado. Y, cuando se acercó al balcón y miró el patio, descubrió que el mosaico y la fuente de su proyecto no eran la excepción a la norma. Estaban allí, justo donde ella los habría puesto.

No se lo podía creer.

Evidentemente, Damiano se había encargado de que las obras se hicieran a toda prisa, para que la habitación estuviera preparada el día del cumpleaños de su abuela Eloise. Sin embargo, no se había limitado a ejecutar sus ideas al pie de la letra. Incluso había incluido algunas cosas que no estaban en los bocetos; ideas que ella había dejado caer durante su estancia en la isla de las Seychelles.

Todavía no había salido de su asombro cuando oyó la voz de Damiano.

—¿Y bien? ¿Qué te parece?

Ella se dio la vuelta. Estaba en el umbral, tan alto

y atractivo como de costumbre, mirándola con una sonrisa en los labios.

—No entiendo nada.

Riva sacudió la cabeza, esperó unos segundos y añadió:

—¿Cuándo diste la orden de que empezaran las obras?

—El mismo día en que llamé a Olivia para que te concediera unas vacaciones. Al día siguiente de veros a Ben y a ti en el parque.

—¿Quieres decir que Olivia lo sabe todo?

Riva se quedó boquiabierta. Su jefa lo sabía. Sabía que le iba a pedir vacaciones incluso antes de que se las pidiera, porque Damiano ya se lo había dicho. Por eso se había mostrado tan tolerante, y por eso se había comportado de una forma tan generosa aquella mañana, cuando le pidió un par de horas libres y ella le concedió la tarde entera.

—Pero... pensaba que mi proyecto no te interesaba en absoluto. Hasta me has hecho creer que has contratado a otra persona.

—Eso no ha sido cosa mía, Riva. Como desconfías de mí y siempre te pones en el peor de los casos cuando estoy de por medio, llegaste a la conclusión de que había contratado a otra diseñadora, pero no es verdad. Me temo que has malinterpretado mi conversación telefónica con tu jefa.

Riva lo miró con intensidad, anonadada.

—Aún no has contestado a mi pregunta.

—¿Qué pregunta?

—¿Te gusta cómo ha quedado?

Ella volvió a mirar la sala. Estaba tan emocionada que casi no podía hablar. Y no solo por la sorpresa de ver su trabajo fuera de los bocetos, sino por lo que aparentemente significaba en relación con Damiano.

No podía negar que se había tomado muchas molestias.

–¿Que si me gusta? Me encanta –acertó a decir–. Aunque hay una cosa que...

Damiano frunció el ceño.

–¿Qué cosa?

–Ese cuadro –contestó ella, refiriéndose a un paisaje que colgaba de la pared–. ¿Te importaría bajarlo?

–Claro que no.

–En ese caso, vuelvo enseguida.

Riva salió de la habitación y volvió un par de minutos más tarde con un paquete rectangular y tan grande que a Damiano le pareció imposible que lo hubiera cargado sola.

–Deja que te ayude.

Él le sostuvo el paquete y ella empezó a quitar el envoltorio. La encontraba tan deseable que quiso tomarla entre sus brazos y hacerle el amor allí mismo, pero se refrenó. Tenía miedo de que se asustara y se marchara otra vez.

El paquete resultó ser un tapiz de estilo griego clásico que colgaron en la pared, en sustitución del cuadro. De colores vibrantes y llenos de vida, representaba a una mujer que hacía su labor de amor mientras, al fondo, se veía la escena de una batalla.

–¿Es quien creo que es? –preguntó él.

–Sí. Es la mítica Penélope, la esposa de Odiseo

–respondió mientras miraba el tapiz–. Ya te dije que quería algo dramático, de la Grecia antigua.

–Pues es precioso.

–Gracias.

Damiano sonrió.

–Lo has tejido tú, ¿verdad?

–En efecto.

Él dio un paso atrás y volvió a admirar la obra.

–Penélope, la mujer que tejía de día y deshacía su labor de noche, rechazando a todos sus pretendientes, porque estaba segura de que, al final, su marido volvería de la guerra.

–Y volvió.

–Sí.

–Me pareció un regalo adecuado para Eloise. Al fin y al cabo, le fue fiel a tu abuelo durante todo su matrimonio, aunque sabía que no estaba enamorado de ella.

Damiano asintió.

–Es todo un detalle por tu parte, y queda maravillosamente bien en la sala. Pero ¿se lo vas a dar a mi abuela? Da la impresión de que te ha costado mucho. ¿Cuánto tiempo le has dedicado? –quiso saber.

Ella se encogió de hombros.

–Cuatro años. Bueno, cuatro y medio.

–Ah, vaya, así que has estado tejiendo como Penélope. ¿Y también ha sido eso lo que ha mantenido a tus pretendientes a distancia? ¿O es que en el fondo, de forma inconsciente, me seguías siendo fiel?

Riva apartó la mirada.

—Damiano, yo...

—Dímelo. Necesito saberlo.

—¿Por qué quieres saberlo? —preguntó ella con desconfianza—. Estoy segura de que sigues pensando que mi madre no era suficientemente buena para tu familia. Y estoy segura de que tú no me consideras suficientemente buena para ti, aunque aprecies mi trabajo de diseñadora. Te fijaste en mí hace cinco años porque querías proteger a Marcello, y te fijas en mí ahora porque quieres a tu hijo.

—¡Santo cielo! —dijo él, sacudiendo la cabeza—. ¿Qué más quieres que haga? ¿Es que no he pagado ya por todas las cosas de las que me acusas? Estoy profundamente arrepentido, Riva. Ojalá pudiera cambiar el pasado, *cara,* pero no puedo. Y, si tú no puedes perdonarme, supongo que no tendré más remedio que acatar tus deseos y salir de tu vida.

Riva se dio cuenta de que no estaba fingiendo. Su dolor era real.

—Sin embargo, quiero que sepas que te amo, *carissima,* y que lamento lo que le hice a Chelsea —continuó—. Como ya he dicho, no puedo devolverle la vida. Ni a ella ni a Marcello. Pero, si me concedes una oportunidad, dedicaré el resto de mis días a hacerte feliz.

Riva no se podía creer lo que estaba escuchando. Damiano había puesto todas sus cartas sobre la mesa.

—En cuanto a eso que dices de que no eres suficientemente buena para mí, no podrías estar más equivocada. Eres mucho mejor que yo. Eres generosa, cariñosa y divertida. A veces lamento haberme cruzado contigo, porque sé que hace cinco años le robé el candor y parte de la alegría a aquella chica que caminaba descalza por los jardines.

–Damiano...

–No, por favor, déjame hablar –insistió él–. Sé que fingiste ser una mujer refinada y algo superficial porque sabías que yo salía con ese tipo de personas. Pero me gustabas precisamente por lo que eras. Y, si yo hubiera prestado más atención, me habría dado cuenta de que estabas fingiendo. Al fin y al cabo, tenía más experiencia que tú.

–Puede que sea buena actriz –dijo Riva en voz baja.

Él se rio con suavidad.

–Sí, es posible que sí. Pero, en cualquier caso, me alegro de lo que pasó. Si no nos hubiéramos acostado, no tendríamos a Ben.

–¿Lo dices en serio?

Él la miró con incredulidad.

–¿Bromeas? Por supuesto que lo digo en serio –respondió–. ¿Por qué crees que te he pedido que te cases conmigo?

–No lo sé.

–Te lo he pedido porque te amo, Riva.

–Pero yo pensaba que...

–¿Qué pensabas?

–Que te querías casar conmigo para estar con Ben.

–Riva, creo que has pensado demasiado y observado demasiado poco. ¿No te parece extraño que me tomara tantas molestias al principio para contratarte como diseñadora? Es posible que entonces no me diera cuenta de lo mucho que significabas para mí, pero te deseaba con locura y me desesperaba la posibilidad de que te estuvieras acostando con otro hombre. Y cuando descubrí que tenías un hijo y que era mío...

–Te aseguro que quería decírtelo. Créeme, por favor –dijo ella con angustia–. Te lo habría dicho en algún momento; por ti y por el propio Ben, que tenía derecho a conocer a su padre.

–Tendrías que habérmelo contado antes, Riva. Yo no os habría dejado en la estacada. Habría estado a vuestro lado.

–¿Y cómo querías que lo supiera? Tenía miedo de lo que pudiera pasar. Estaba convencida de que pensarías que había tenido un hijo para echarte el lazo. Y, hasta cierto punto, habría sido normal que lo pensaras. No he sido precisamente sincera contigo. Incluso te dije que estaba tomando la píldora cuando no era verdad.

–¿Por qué? ¿Porque te pareció lo apropiado en una mujer de mundo?

–Sí. Estaba muy enamorada de ti, y tú eras tan experto, tan seguro... Pensé que me abandonarías si llegabas a descubrir que yo era virgen, así que dije lo de la píldora para que no sospecharas –le confesó–. Lo siento, Damiano. Soy consciente de que fue un acto tan estúpido como terriblemente irresponsable.

Damiano le puso las manos en la cintura.

–Oh, *carissima*... Han pasado muchas cosas entre nosotros, pero estoy dispuesto a resarcirte. No te presionaré para que hagas nada que no quieras hacer. Solo espero que algún día puedas perdonarme y quererme como me quisiste hace años. ¿O es demasiado pedir, *amore*? Aunque, si lo es, supongo que tendré lo que me merezco.

La declaración de Damiano le recordó las palabras de Eloise, quien en cierta ocasión le había preguntado si estaba castigando a su nieto. En su momento, no se había dado cuenta. Pero era verdad. Lo había estado castigando de forma inconsciente y, al castigarlo, se había castigado a sí misma.

–Todavía te amo –le confesó–. Te he amado incluso cuando te odiaba.

Damiano inclinó la cabeza y le dio un beso que no se pareció a ninguno de los anteriores, porque esa vez era la primera que se besaban como iguales, en calidad de enamorados.

–Si fuera posible, haría el amor contigo ahora mismo –declaró él–, pero Eloise llegará en cualquier instante. Sin embargo, te prometo que la espera no será muy larga. Cuando termine la fiesta, te llevaré a mi piso de la ciudad. Me temo que el tuyo es demasiado pequeño. Y la mansión está totalmente vacía.

Riva frunció el ceño.

–¿La mansión?

–Sí, la vieja mansión que está al final del camino.

–¿Es que la has comprado?

–La compré hace unas semanas, pero me han dado las llaves hoy mismo. Precisamente estaba con el vendedor cuando te he visto llegar a la Old Coach House –dijo él–. Espero que tengas muchas ganas de trabajar, porque está hecha un desastre y necesita el talento de una buena diseñadora.

–Oh, Damiano...

–Ese es uno de los motivos por los que he estado fuera tanto tiempo. Tenía que vender la mansión de Marcello y un par de propiedades que me pertenecían. Sin embargo, me he quedado con la casa de las Seychelles. Espero que consideres la posibilidad de pasar allí nuestra luna de miel.

–Por supuesto –dijo Riva, sonriendo de oreja a oreja.

–De todas formas, quería empezar de cero y empezar en Inglaterra, para estar cerca de Eloise y, sobre todo, de Ben y de ti –Damiano la miró a los ojos y sonrió otra vez–. ¿Y bien? ¿Qué te parece?

Ella también sonrió.

–¿A qué te refieres? ¿A tu oferta de matrimonio? ¿O a la oferta de que vivamos en la vieja mansión?

Él le acarició la nariz.

–A las dos cosas, por supuesto.

–¿Estás seguro de que no te aburrirás de mí?

–¿Aburrirme de ti? ¿Por qué preguntas eso?

–Porque tienes fama de cansarte rápidamente de las mujeres.

Damiano soltó una carcajada. Sabía que no se estaba refiriendo a su fama en general, sino a lo que le había sucedido con Magenta Boweringham, la millonaria que lo había acusado de acostarse con cualquiera.

–Ah, comprendo –dijo con humor–. Es verdad que he estado con muchas mujeres y que mis relaciones duraban poco, pero eso era porque ninguna había conquistado mi corazón. Pero ahora...

Riva lo miró a los ojos. Se sentía la mujer más feliz del mundo.

–Está bien, acepto. Me casaré contigo y viviremos en la mansión.

De repente, Damiano se puso muy serio.

–¿Y qué pensara Benito? ¿Crees que le gustará la idea de que me case con su madre y viva con ella?

–¿Es una broma? ¡Le gustas más que la mermelada! –declaró Riva entre risas.

Él soltó un largo suspiro de alivio.

–Oh, *amore*, no sabes cuánto te quiero.

–Y yo a ti.

Al principio, ni él ni ella repararon en la alta y elegante mujer que se encontraba en el umbral de la habitación. Pero, al abrazar a Damiano, Riva giró un poco la cabeza y la vio. Era Eloise, que clavó la mirada en sus ojos y sonrió.

«Aférrate a la pasión», le había dicho. Y Riva no lo había olvidado. De hecho, las palabras de la anciana estaban grabadas a fuego en su memoria, con la misma suave voz nasal, de acento francés.

Por fin tenía lo que tanto había deseado.

Riva se giró hacia el maravilloso hombre que le estaba ofreciendo una vida nueva y tuvo la seguridad, sin la menor sombra de duda, de que su amor duraría para siempre.

Después, apoyó la cabeza en el hombro de Damiano D'Amico y se fijó en el tapiz que habían colgado juntos unos minutos antes. Parecía que la mítica Penélope los estaba mirando. Y que sonreía.

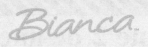

Samarah debía decidir: prisión en una celda…
o grilletes de diamantes al convertirse en su esposa

Tras haber esperado su
tiempo, la princesa Sama-
rah Al-Azem por fin estaba
lista para acabar con Fe-
rran, el enemigo de su reino y el hombre que le ha-
bía arrebatado todo. En la
quietud de la noche, le esperó agazapada en su dor-
mitorio…

No era la primera vez que
el jeque Ferran se veía al
otro lado del cuchillo de un
asesino… pero nunca lo
blandía una agresora tan
bella. Pronto la tuvo a su
merced, algo que llevaba
años deseando…

Un reto para un jeque

Maisey Yates

¡YA EN TU PUNTO DE VENTA!

Acepte 2 de nuestras mejores novelas de amor GRATIS

¡Y reciba un regalo sorpresa!

Oferta especial de tiempo limitado

Rellene el cupón y envíelo a
Harlequin Reader Service®
3010 Walden Ave.
P.O. Box 1867
Buffalo, N.Y. 14240-1867

¡Sí! Por favor, envíenme 2 novelas de amor de Harlequin (1 Bianca® y 1 Deseo®) gratis, más el regalo sorpresa. Luego remítanme 4 novelas nuevas todos los meses, las cuales recibiré mucho antes de que aparezcan en librerías, y factúrenme al bajo precio de $3,24 cada una, más $0,25 por envío e impuesto de ventas, si corresponde*. Este es el precio total, y es un ahorro de casi el 20% sobre el precio de portada. !Una oferta excelente! Entiendo que el hecho de aceptar estos libros y el regalo no me obliga en forma alguna a la compra de libros adicionales. Y también que puedo devolver cualquier envío y cancelar en cualquier momento. Aún si decido no comprar ningún otro libro de Harlequin, los 2 libros gratis y el regalo sorpresa son míos para siempre.

416 LBN DU7N

Nombre y apellido	(Por favor, letra de molde)

Dirección	Apartamento No.

Ciudad	Estado	Zona postal

Esta oferta se limita a un pedido por hogar y no está disponible para los subscriptores actuales de Deseo® y Bianca®.
*Los términos y precios quedan sujetos a cambios sin aviso previo.
Impuestos de ventas aplican en N.Y.

SPN-03 ©2003 Harlequin Enterprises Limited

Deseo

COMO UN IMÁN

KATE HARDY

Cuando el diseñador de jardines Will Daynes y la estirada
chica de ciudad Amanda Neave
accedieron a intercambiar sus
vidas para un programa de televisión, pronto descubrieron que
eran como la noche y el día.
Obviamente, ninguno se esperó la intensa atracción que sur-
gió entre ellos, y Amanda no
pudo resistirse a la tentación
que para ella resultaba el gua-
písimo y solicitado soltero.

¿Pero ese ardiente idilio entre
dos polos opuestos seguiría crepitando cuando Amanda
se enterara de que estaba embarazada?

Una irresistible pasión entre opuestos

¡YA EN TU PUNTO DE VENTA!

Bianca.

Nunca fue buena idea mezclar los negocios con el placer...

Jake Sorenson era un céle-
bre playboy y un productor
musical de primera, pero
cuando se trataba del trabajo nunca sucumbía a la
tentación, ni siquiera cuando tomaba la forma de una
belleza como su último des-
cubrimiento, Caitlin Ryan.
Ella, por su parte, estaba
decidida a concentrarse en
la música, pero jamás ha-
bía conocido a un hombre
tan imponente como Jake,
y el deseo que sentían el
uno por el otro no tardaría
en ir en aumento. Tras pro-
bar las mieles de la rebe-
lión, parecían estar a punto
de infringir las reglas más
estrictas...

Escucha mi canció

Maggie Cox

¡YA EN TU PUNTO DE VENTA!